Dummes Laub

Michael Ockert

Umschreibungen 1

Bibliografische Information der Deutschen Nationalbibliothek:
Die Deutsche Nationalbibliothek verzeichnet diese
Publikation in der Deutschen Nationalbibliografie;
detaillierte bibliografische Daten sind im Internet
über http://dnb.dnb.de abrufbar.

© 2024 Michael Ockert

Titelbild © Michael Ockert
gesetzt aus der Chapbook

Herstellung und Verlag: BoD – Books on Demand, Norder-
stedt

ISBN: 978-3-7597-1335-3

für Rosie

Inhalt

Das Anthrazit der Gespräche

Rezept

Solveig braucht es heute noch, dringend. Hier im Wagen ist es zu eng, da hilft auch die Notbeleuchtung nicht. Dann noch der durchgesessene Beifahrersitz, echt unbequem. Die Oberflächen des Innenraums verströmen sich porös und braun, als die Kiste losfährt, stockend, bevor sie ins Rollen kommt. Keine Ahnung, wen ich da am Ohr habe. Die Stimme am anderen Ende der Leitung spannt einen unendlichen Raum auf. Es fühlt sich kalt darin an, zu unbehaglich, um seinen Begehrlichkeiten nachzugeben. Wie auch die schwarze Oberfläche des Handys.

Eine Verbindung ohne Rauschen, so unmittelbar, so glasklar. So klar, dass die Bewegungen seiner Finger vor meinem inneren Auge auftauchen. Sie wischen ungeschickt über die leuchtenden Buchstaben. Er will nur helfen. Nur er kann uns den Weg zum Arzt weisen, ausgerechnet er. Und wie soll das gehen ohne Map-App?

„Bist du schon im App-Store?"

„Ja. Aber welche soll ich runterladen?"

Ich hatte von Anfang an kein gutes Gefühl. Dann findet er unsere Position wie durch ein Wunder.

„Noch zwei Straßen, dann links", murmelt er vor sich hin. Er ist noch von sich selbst fasziniert.

Der Fahrer neben mir fährt schusselig, kein Wunder bei der schlaksigen Gestalt. Die zu große Brille verrutscht ihm auf der Nase. Er riecht muffig, als ob er seit Wochen nicht ausgelüftet worden sei. Die vergilbte Innenlampe kann sich nur mühsam der Dunkelheit erwehren, ebenso wie das Tempo.

Der Mann am Handy hat unsere Position verloren. Er ist, soweit ich weiß, Pfarrer und noch umständlicher, als ich dachte. Keine Ahnung, wie ich an den geraten bin. Die App scheint genauso veraltet wie er. Das weiße Viereck am Halskragen erdrückt den Adamsapfel. Es ist ungewaschen und schimmert gelblich. Die schwarzen Klamotten riechen nach Bratkartoffeln. Ich merke, dass er am liebsten auflegen würde.

„Ruf morgen nochmal an!" Er will mich abwimmeln, unerhört.

„Meine Güte, es ist eilig! Wir brauchen das Rezept heute noch. Jetzt mach schon!" Ich hasse es, mich echauffieren zu müssen.

Er hat unsere Position wiedergefunden.

„Jetzt Fahrlachstraße weiterfahren, dann die nächste oder übernächste links."

Die Straße dehnt sich doppelspurig vor uns aus. Ich sehe ihn vor meinem geistigen Auge, den Pfarrer. Er streicht die zu langen und zu wenigen Strähnen über der verschwitzten Stirn zur Seite. Es strengt ihn zu arg an. Wenn Katinka nur bei ihm wäre, er könnte ihr den Hörer weiterreichen. Sie ist immer so klar in ihrem Denken, sie würde mich nicht abwiegeln. Sie ist nicht weit entfernt, das spüre ich, schade! Der Fahrer im Fiat 500 spinnt wieder. Ich habe ihn noch weniger unter Kontrolle als den Pfarrer.

„Halt!" schreie ich. Er fährt tatsächlich an unserer Abzweigung vorbei. Dabei hatte ich das Gespräch auf Lautsprecher gestellt. Jetzt führt die Straße direkt auf die Autobahn ohne Wendemöglichkeiten. Er erschrickt selbst und reckt die Arme in die Luft, ich greife unwillkürlich ins Lenkrad. Da wirft er den Wagen links herum und wir biegen in eine enge Einfahrt ein, die mir vorher noch nie aufgefallen war. Sie führt auf einen Parkplatz, hinter Hecken verborgen. Das Auto holpert über den Schotter, Endstation. Wir steigen aus.

Am anderen Ende des Parkplatzes steht eine Menschenmenge, ihre Rücken zu uns gewandt. Sie schaut in die Ebene, die sich vor ihr ausbreitet. Sie sieht aus wie eine Elefantenherde von hinten, das meiste graue Mäntel. Wir nähern uns. Dort unten ziehen sich die Ausläufer der riesigen Stadt bis in die Ferne. Die Häuserschluchten verzweigen sich in Gassen, alte Mietshäuser, die sich zu hoch für ihr Alter auftürmen, sie wirken baufällig.

Ich habe keine Ahnung, in welcher der Straßen der Arzt praktiziert. Der Fahrer ist auch keine Hilfe. Er reckt den Kopf in die Höhe, um besser zu sehen. Dabei überragt er schon alle. Seine Brillengläser sind abgefingert. Es hilft alles nichts, wir müssen unser Glück versuchen. Ich schiebe mich langsam auf der lockeren Erde den Hang hinunter. So steil sah es von oben nicht aus. Und ich merke, dass mich die Leute wie eine Tierherde begleiten. Sie schauen mich freundlich von der Seite an wie Schafe, zwischen denen man vorsichtig mit dem Auto hindurchfährt.

Die Fensterflügel des ersten Hauses da unten stehen offen. Jetzt bitte keine weiteren Komplikationen mehr! An den Wänden des Innenraums sehe ich Werkzeug hängen. Eine Werkstatt wie vor fünfzig Jahren, abgenutztes Metallwerkzeug mit Holzgriffen. Die ersten der Herde drängen in den Eingang des Hauses hinein. Ich lasse mich mit hineintreiben. Ich habe auch keine bessere Idee. Hauptsache, weiter! Der Fahrer bleibt an meiner Seite. Ein Teil der Leute schiebt sich in die Flure im Erdgeschoss, der andere in das Treppenhaus. Eine Zimmertür auf der rechten Seite steht offen. Der Raum wird von einer Platte auf Tischhöhe ausgefüllt, auf der sich eine Modelleisenbahn ausbreitet.

„Hier hat sich aber jemand ausgelebt", murmele ich zu meinem Begleiter.

Die Platte und alles, was darauf steht, ist von einer Staubschicht überzogen wie alle Modelleisenbahnen. Mein Blick fällt auf die Chronologie, die gegenüber an der Wand hängt, Hungerwinter 1947. So sieht der Streckenabschnitt auch aus, ausgezehrter Untergrund

und gebrochene Schienen. Es hilft alles nichts, wir werden durch den Gang geschoben und am Hinterausgang liegen die Mauertrümmer vom Krieg.

„Der Arzt ist kein Orthopäde", erklärt mir der Fahrer jetzt frei heraus. Er steht locker neben mir.

„Ich kenne die Ärzte hier. Ich bin selber Arzt."

Ich starre ihn an. „Was? Das sagst du mir jetzt erst?"

„Ein Allgemeinmediziner müsste auch reichen für das Rezept." Er legt die Hand auf meine Schulter. Es soll vertrauenserweckend wirken. Währenddessen redet er umständlich in seiner stockenden Art weiter und lehnt sich dabei an die Ruinenwände. Ich verscheuche seine Hand. Es beruhigt mich überhaupt nicht.

„Ich dachte, wir brauchen für dieses Rezept einen Facharzt!" Ich versuche, die Welt wieder für mich zurechtzurücken, aber mein Hirn ist blockiert.

„Es ist nicht mehr weit bis zur Praxis." Er zieht ein abgegriffenes, zu dickes hellgelbes Wörterbuch aus dem Trümmerhaufen und blättert es auf, als ob er nicht wüsste, was er mit der Zeit anfangen soll. Als ob sie grenzenlos zur Verfügung stünde. Er pfeift kaum hörbar zwischen den Zähnen, eher ein Zischen.

„Insgeheim sind sie alle spezialisiert", zwinkert er mir zu. „Oder sie meinen es zumindest. Also kein Problem."

Meine Güte! Mir fällt ein Stein vom Herzen.

Auf Nebenwegen

Der Heimweg ist leicht. Das Dunkle, eingepudert in die Luft, stört mich nicht und auch nicht, dass sie dicker und schwerer zu atmen ist, als sie sein sollte. Ich kenne die Wege der Vorstadt, auch wenn sie provisorisch angelegt sind. Denn alles hier ist Baustelle und im Entstehen. Ein glücklicher Zufall, wenn die Festigkeit von Grasresten eine Brücke über den aufgeweichten Boden bildet, so dass das Rad darüberrollen kann. Es ist mir vertraut wie ein Pferd, mit dem ich jahrelang zärtlich umgegangen bin. Vielleicht zu vertraut, und sein Metall und der Fahrtwind führen ein verwirbeltes Gespräch.

Meine Füße treten die Pedale und meine Umrisse saugen die Düsternis auf, widerspenstig und belustigt, während die Pneus ohne Gewicht über die Holzplanken gleiten, nebeneinander liegende schmale Holzlatten mit aufgestellten Fasern, jede so lang, als wolle sie niemals enden. Wahrscheinlich Abfallholz von Scheunentoren, nur eine Hand breit. Die Schwärze des Verfalls ist in ihre Substanz eingeschrieben und führt dort ein eigenwilliges Dasein. Sie wirken wie achtlos hingeworfen und schließen in stumpfen Winkeln aneinander an, manchmal zu stumpfen Winkeln. Sie geben die Richtung vor. Denn der Boden darum herum besteht nur aus Matsch. Das Fahrrad holpert über die Enden. Ein Stoß, eine Welle, die den Körper durcheilt. Sie fühlt sich gut an und ich lasse sie in mir nachhallen.

Plötzlich taucht hinter mir eine Gestalt auf, eine Frau, ebenfalls auf dem Rad. Oder nur eine Erscheinung im Nebel? Ich versuche, über die Schulter nach hinten zu schauen, kurz, denn ich muss mich auf die enge Bahn konzentrieren. Ein unscharfes Bild, mit dem ich weiterfahre, seine Oberfläche aus grober Wolle, Rot- und Grüntöne. Den Kopf umkränzt eine Kappe, die kaum etwas vom Gesicht preisgibt.

Die vagen Konturen, das Weiterrollen auf den Bohlen, dem Verlauf folgen, kaum merkliche Richtungsänderungen. Das Rad rollt unbekümmert, als sei ich der Störfaktor. Sie wird mich nicht einholen. Sie kommt näher, obwohl ich ein guter Fahrer bin. Trotzdem kann ich es nicht zulassen. Vor uns die Wasserlache, wir müssen absteigen. Und setzen im nächsten Augenblick die wilde Fahrt fort. Ich möchte immer so weiterfahren.

Ein Holzgerüst baut sich als Silhouette im weißen Nebel vor uns auf. Es wirkt, als würde es aus dem Nichts hervorwachsen. Ich kenne das Gerüst. Es wird von nur einem Mann gebaut und sein einziges Baumaterial sind die Holzbohlen, auf denen die Räder dahinrollen. Ihre Einfachheit überträgt sich auf mich, je näher ich komme.

Der Mann baut das Gerüst mitten über den Weg hinweg. An seiner Körperhaltung merke ich, dass ich unerwünscht für ihn bin. Doch ich muss weiter, immer weiter. Das Rad rollen lassen, denn ich kenne nur dieses Dasein. Wir haben das Gerüst erreicht. Das Rad verbindet sich mit mir und lässt mich die Holzstangen hinaufklettern, auch wenn ich keine Kraft dazu habe. In der Schwere verbinde ich mich mit dem Holz. Ich spüre sein Braun in meine Adern einfließen und lasse mich mit ihm weiterfließen nach oben und nach unten ohne Kontrolle.

Die Nachbarn hinter den Hecken blicken nachsichtiger, als ich vermutet hatte. Meine Kraft versiegt jetzt vollends und ich warte, bis Zeit einrinnt. Die Radfahrerin ist längst vorbei. Sie kletterte behende durch das Holz hindurch, ein Windhauch, der an mir vorbeistrich, ohne sich zu verfangen, leicht und flatternd Ich will nicht daran denken. Ich will nur noch zu Solveig und dann weiter. Ich muss nur noch irgendwie aus dem Gestänge abtropfen, es ist nicht mehr weit.

Das Rad rollt wieder wie von selbst und die weite Wasserfläche, die sich jetzt vor mir ausstreckt, kann unmöglich tief sein. Ich fahre mit Schwung hinein, er wird mich hindurchtragen. Bis ich versinke und mir das Wasser bis zur Hüfte reicht. Die Kleider saugen sich voll und die Nässe kriecht unter die Haut. Wenigstens darauf ist Verlass.

Koffer

Ich war einer der ersten, die ihren Koffer gepackt hatten, wenn auch nicht fertig gepackt. Und dann kamen die endlosen Gespräche mit Gabi in der Küche aus einer tiefen Dunkelheit heraus, ernst und schwer. Sie fielen in die Leere, aber sie mussten sein. Jedes Wort, auch wenn es Tage und Wochen dauerte.

Angela wird uns zum Flughafen bringen. Unser Verhältnis hat sich entspannt und ihr Metallic Coupé ist geräumig. Wären da nicht die Nachbarn, die zur gleichen Zeit dorthin müssen. Sie kennen Angela besser als wir. Wenn, dann müssen wir befürchten, nicht mitgenommen zu werden. Es schlummert eingenistet in einer unzugänglichen Tiefe. Angela wird uns doch nicht...

Aus ihrer Unerheblichkeit verdichtet sich die Zeit und es bleiben nur noch wenige Stunden bis zur Abfahrt. Herrje, mein Koffer! Habe ich auch alles? Ich muss ihn noch einmal checken. Die letzte Abstimmung mit Angela. Ihr Geschäftstermin in Frankfurt, nur deshalb nimmt sie uns ja mit. Wir wären dann zu dritt... fünft... siebt..., keine Ahnung, im Wagen, aber was so alles in ein Coupé passt!

Ihr Gesicht leuchtet hell und freundlich, aber was sich dahinter verbirgt, kann ich nicht einschätzen. Die

Vergangenheit lauert immer aus ihrer dunklen Kluft. Jetzt scheint Sonnenschein auf ihren Wangen. Ich fürchte, wenn es ernst wird.. Auch wenn sich nichts andeutet. Dann und dann wird es passieren. Wird die Zeit reichen? Sie senkt die Braue und darin schimmert Zweifel. Ist es die Braue? Vielleicht ist die Situation noch zu retten.

Wir lehnen nebeneinander an der Küchenzeile, ich würde am liebsten die Herdknöpfe kontrollieren. Die Küche war gefühlt immer zu klein und ihre Oberflächen zu verklebt. In knappem Ton, in dem sich das Herrische Bahn bricht, beendet sie das Gespräch. Sie hat schließlich noch zu tun. Noch fühlt sich alles gut an, aber die Zeit wird nicht besser. Himmel, der Koffer! Er liegt noch bei Dirk auf dem Dachboden.

Katinka ist aufgebracht, als sie erfährt, dass es losgeht. Meine Kati, ich konnte noch nie mit ihren Aufgeregtheiten umgehen. „Warum gerade jetzt?" schreien mich ihre Blicke wie Funken an. Sie läuft wie ein Irrwisch durch den Vorraum. Von irgendwo strömen die nächsten Dunkelheiten ein. Wie soll ich nur ihrem Furor entgehen?

Langsam setzt sich das, was gleich passieren wird, wie ein Puzzle in meinem Kopf zusammen. Die Nachbarn aus dem zweiten Stock, die aus dem dritten Stock, wir und Angela. Sieben Leute im Coupé mit Gepäck und die Zeit. Wir müssen los! Jetzt! Der Koffer, meine

Güte, habe ich die Laken? Ich muss ihn holen, auf der Stelle! Katinka zetert und Angelas Stirn.

„Zwölf Uhr gleich? Da müsste ich euch doch schon längst abgeladen haben. Mein Termin!" steht darauf.

Und jetzt, wie sollen wir das schaffen? Die Runzeln lassen mir kalte Schauer den meinem Rücken hinunterlaufen. Dabei liegt in ihnen eine unerwartete Auflösung, denn gleichzeitig zwinkert sie mir zu. Der Koffer, jetzt aber! Die Zeit gewinnt immer mehr Gewicht, so sehr verdichtet sie sich. Ich renne auf das Haus zu und die Haustür, eine Glastür.

„Hast du den Schlüssel?" ruft mir Katinka hinterher.

Ich habe ihn nicht, dabei bin ich schon in vollem Lauf. Dann muss es so gehen, nur wie? Ist es Einbildung oder höre ich im Nachbarhaus Leute? Wenn ich dort das Treppenhaus hinauf und dann oben zu uns hinüber... so könnte es klappen. Vor meinem inneren Auge sehe ich den aufgeklappten Schalenkoffer, schwarz. Seine Flügel erwarten mich, die Laken fehlen.

Ich bin im zweiten Stockwerk des Nachbarhauses angelangt. Die Wohnungstür ist angelehnt. Komme ich von hier zu unserer Wohnung durch? Die Nachbarn haben Besuch. Auch wenn mich die Leute nicht kennen, muss es nicht gleich Streit geben. Ich drücke die Tür vorsichtig auf und niemand hindert mich daran. Die Feindseligkeit verfliegt wie ein Schwarm

Schmetterlinge, aber wie soll ich durch das Mauer-
werk kommen?

Also weiter rauf! Ich weiß nicht, was sich dort oben
auf den Treppenstufen tummelt, das Holz ist ausgetre-
ten. Das Gesicht des neuen Nachbarn schiebt sich mir
angriffslustig in den Weg, seine Schritte knallen wie
Armeestiefel. Das leichtes Geflatter der Wesen um
ihn herum tangiert ihn nicht. Sie sind mir wohlgeson-
nen und flehen für mich. Er ist irritiert. Sein Blick
verschwimmt kurz und ich schlüpfe an ihm vorbei die
Treppe hinauf.

Der vierte Stock und der schmale Gang mit Geländer
an der Wand entlang. Jetzt nur noch die Speicher-
treppe und die Nachbarin, die ihrem Kind Flöte bei-
bringt. Sie wohnen in verstaubten Kisten. Sie schaut
aus ihrem müden Gesicht auf, während das Mädchen
versucht, den Takt zu halten. Kann sie mir weiterhelfen, hinüber zu kommen? Sie lässt Kopf und Arme
sinken, vielleicht hat es mit dem Strömen im Dunkeln
unter den Dachsparren zu tun.

Ich bin zu weit oben, hier gibt es keinen Boden mehr
und ich halte vergeblich Ausschau. Kann es sein, dass
die Zeit noch mehr in sich zusammenfällt? Würde ich
es spüren, wenn sie den Zeitpunkt überschreitet? Es
müsste sich anfühlen wie eine Schere, die das Weih-
nachtsbastelstück zerschneidet, ein Stück buntes
Transparentpapier, aufgeklebt auf einen schwarzen
Papprand.

Brand

Es ist nicht die Faszination,
es ist die Vertrautheit,
das Warme, Reine,
und wenn es so heiß wird,
dass es nicht mehr auszuhalten ist,
dass es alles wegfegt,
was war.

Es kann nur einen kleinen Raum einnehmen
oder gar keinen Raum,
so zerstörerisch wirkt es,
und doch füllt es mich ganz aus,
so nahe ist es mir,
als wäre es immer bei mir.

Es entleert alles,
was vorher war,
nicht durch seine Hitze,
sondern durch sein Flattern und Lecken,
ein Wind, der versengt,
ein Hauch, der berührt.

Und wenn es seine Hand von Nichts
an mich legt,

zieht es mich dort hinein,
was mich zu dir finden lässt,
auch wenn ein Untergang
damit verbunden ist,
mein Untergang.

Es ist so durchscheinend,
voller Leuchten
und feierlichem Ernst,
dass in mir ein Sehnen aufsteigt,
als könnte ich mich
nur darin wiederfinden.

Es wird mich zu seinem eigen machen,
ich werde mich darin auflösen
voller Klarheit
und Leere
und Raum.

Ich werde eine Zeit darin verweilen,
diesem heißen Nichts,
das keine Stofflichkeit zulässt,
nur Züngeln
von Orange und Gelb,
seinen Sturm
und sein Wüten.

Ich werde danach
nicht erschöpft sein,
sondern in Unversehrtheit
und Ungerichtetheit
schweben.

Das alles schlummert nicht nur als Möglichkeit in mir. Es ist nicht nur unter der Oberfläche, die Ahnung davon füllt mich ganz aus und macht mich aus und es scheint, als würde es alle meine Bewegungen steuern, auch wenn ich nichts davon weiß, wenn ich nicht dorthin spüre.

Sie interessieren mich nicht mit ihren Experimenten in ihrem Plexiglaswürfel aus Metallstreben. Das Elektrogerät in seinem Metallgehäuse aus aufgerauhtem Beige sprüht in seinem Innern Funken und Fritz und sein Kollege schrauben daran herum, um in dieses Innere zu gelangen und den Ausbruch zu verhindern.

Der Testleiter beobachtet sie. Ich aber schleiche mich heran, ziehe an den schwarzen Kabeln, die in das Kästchen hineinführen, und der kleine Aufruhr beginnt sofort zu verstummen. Die Glut fällt in sich zusammen. Das war nicht, was sie wollten. Sie wollten eine sublime Lösung, eine Lösung in den Schaltkreisen. Die größte Illusion! Und da das, was sie vorhatten, nun hinfällig geworden ist und ich sie nun einmal gerettet habe, bleibt mir nur, meine Nichtsnutzigkeit und mein Bedauern vor ihnen auszubreiten.

Ein schöner Beruf wäre das für mich geworden, Entschärfung von heißgelaufenen Elektrogeräten. Ich wäre seelenverwandt gewesen und hätte jedes Beschwichtigen einfach so aus mir herausströmen lassen können. Ich hätte es erfasst und mit leichter Hand erlöst.

Eine kleine Trauer ergreift mich über die verronnene Zeit.

Verbindung

Der Spalt öffnet sich in den Raum, den freien Raum, dessen Umrisse ausfransen. Ich werde sie nie ertasten können, überall würde ich nur Leere berühren. Das Umfassende beschäftigt mich nicht, sondern nur die Verbindung zu dem, was mich aus dem dunklen Strömen heraus zu erreichen versucht. Es fühlt sich warm an und auf eine dezente Art rotbraun, diffus hineingetupft. Verdunstender Tau, fern und trotzdem zugänglich. Die Entfernung kann gebändigt werden, nicht durch Rufen, sondern durch einfaches Sprechen. Flüstern würde auch schon reichen.

Meine Stimme ist verklungen, schon eine Weile verklungen. Vom anderen Ende erreicht mich ein Lächeln, verhalten, fast zurückhaltend. Es befreit sich und gibt sich preis. Es durchstreift den Raum wie etwas Wesenloses, das mich trotzdem erreicht. Wie kann ein Lächeln den akustischen Raum durchstreifen? Diesen schon, ich weiß nicht, wer ihn erschaffen hat. Er erreicht mich aus einem fernen südlichen Land weit im Westen.

Ein Räuspern ertönt und dann eine Stimme. Eine weiche, einfühlsame Stimme, die alles wahrnimmt, was von mir ausgeht, sie rührt mich an. Sie ist umweht von Holzgeruch und -geschmack. Dann ist sie verklungen, ich weiß nicht, wie lange schon. Ich will mich an die Stimme erinnern. In meiner Vorstellung verbindet sich allmählich eine Gestalt mit ihr und gewinnt Konturen: Lothar. Auch wenn ich mir nicht sicher sein kann. Die Stimme erklingt noch einmal und was ich vermutet hatte, wird zur Gewissheit. Wie sie den Raum ausfüllt im Nicht-Klang, ein leises Austreiben, gedämpft und tief. Es verteilt sich in die Weite.

Dies ist kein natürliches Sprechen, es erinnert mehr an bruchstückhafte Laute. Und doch merke ich, dass er mich verstanden hat. Ja sogar auf meine Frage geantwortet hat in eben dieser Sprache, obwohl eher unsicher und tapsig. Was er sagte, hat mich nicht erreicht, da ich es nicht erwartet hatte. Nachdem der Klang verhallt ist, schwingt es in meinem Vergessen nach und ich versuche, die Laute in meine Erinnerung zurückzuholen. Die Laute und ihre Bedeutung.

Bevor mich diese Ausformungen erreichen, offenbart sich mir auch ohne sie, was er mir mitteilen wollte, allein durch den Ausdruck der Stimme. Ihr Sich-Hineintrauen aus einer zurückhaltenden Bewegung heraus. Die Melodie dessen, was erklang. Es war durchzogen von Unsicherheiten und kurzem Abwarten. Dann der Entschluss, sich doch preiszugeben.

Was wird er als nächstes sagen? Ich warte gespannt und verfolge, wie sich das Erklungene weiter in die Offenheit des Raums ausbreitet, wie es verklingt in seine Leere und Bereitschaft.

Dann tauchen Zweifel auf, die sich nicht vertreiben lassen wollen. War es wirklich Lothar oder nicht doch Solveig? Sie ist in der Nähe, das spüre ich. Wie kann es sein, dass Lothar unsere Sprache versteht, ja sogar zu sprechen versucht?

Der Zweifel lässt sich nicht zerstreuen. Auch wenn er überflüssig wirkt, weiß ich, dass er nicht so schnell verschwinden wird. Ich richte mich ein mit ihm. Es könnte sich wohlig anfühlen.

Schlangenkorb

Sie kuscheln in dem Korb auf der Anrichte. Sie würden es niemals Kuscheln nennen, eher Drängeln. Sei es wegen der Enge oder weil sie doch die Nähe suchen. Oder weil es nur die Flucht vor der Leere und dem Außen ist, das voller Unberechenbarkeit lauert.

Die Öffnung des Korbs befindet sich seitlich und sie verläuft in einer Bogenform. Im Innern findet die ständige Bewegung statt, ein Sich-Zurechtrücken, Sich-Zurückziehen in die Enge, die doch schon besetzt ist. Mich schaudert bei der Vorstellung. Es muss das kleinere Übel sein, das Dasein so zu verbringen. Sie würden es wahrscheinlich nicht mal als solches empfinden, so sehr sind sie daran gewöhnt.

Die Schlangenkörper umschlingen sich unentwegt gegenseitig. Zwei oder drei Kätzchen sind auch darunter. Sie haben sich daran angepasst. Ich habe selten so zerzauste Katzen gesehen. Ihr Fell scheint wie von Schlamm verklebt und steht in steifen Spitzen ab. Es erinnert an ausgehärtetes Harz. Selbst seine Farbe wirkt von Erde getränkt und ausgebleicht. Ihre Blicke stieren wirr ins Außen. Umso tiefer drängen sie sich in den Korb hinein, egal, ob sich die schlauchförmigen Schlangenleiber um sie winden.

Der Korb steht in der Esshalle, in der sich eine lange schmale Tischtafel erstreckt. Das kantige, unbehandelte Holz der Tafel wird flankiert von ebenso kantigen Stühlen. Hinter dem Tischende steht der Korb auf einer Anrichte schräg versetzt. Keine Menschenseele hat sich je hierher verirrt, obwohl der Raum keine Umgrenzungen kennt. Decke und Wände scheinen entrückt. Sie fallen nicht weiter auf, als ob es sie gar nicht geben würde.

Der Korb, so übervoll, ist mir egal. Meine Blicke streifen ihn nur beiläufig. Ich bin Teil der Leere. Da es darin nichts zum Mich-Verfangen gibt, verfängt sich auch nichts von mir darin. Auch nicht in seinem Inneren, das doch auch nur Teil der Leere ist. Ich bemerke den Korb nur beiläufig aus der Ferne. Und doch bin ich mit ihm verbunden, ja fast schon körperlich verbunden, als ob ich an ihm vorbeilaufen und ihn berühren würde. Das würde ich niemals tun. Dafür ist er mir zu unheimlich und auch das, was darin passiert. Die Wesen, die ich niemals begreifen werde und es auch nicht will.

In dem Raum, der mich umgibt, spüre ich einen unbestimmten Drang und auch aus den Sphären jenseits des Raums. Er ist auf den Korb und die Wesen darin gerichtet. Eine Art Interesse oder Konzentration. Sie können doch unmöglich die ganze Zeit im Korb bleiben. Diese Anteilnahme sehnt sich nach den Schlangen und den Katzen, sie braucht sie geradezu. Es fühlt sich an wie eine aufsteigende Welle, die sich gleichzeitig im Innern des Korbs aufbaut und ihn von außen erfasst, unsichtbar und übermächtig. Die Schlangen und Katzen verstehen sofort, dass es keinen Widerstand geben wird. Die Welle hat längst an Kraft gewonnen. Sie erfasst die Wesen ganz, bis sie aus dem Korb springen müssen und entfliehen. Sie müssen ihn hinter sich lassen, koste, was es wolle.

Vor meinen Augen schlängeln sich die mächtigen Schlangenleiber und dazwischen das zerzauste Katzenfell. Sie werden wie von einem kräftigen Windstoß zerstreut. Was ihre Zuflucht war, ist ein unmöglicher Ort geworden. Sie flüchten in die Leere hinein. Darin lösen sie sich auf wie Luftgeister und jedes Wesen findet sich allein in dem unumgrenzten Raum wieder. Wer weiß, was sie dort entdecken werden, was ihnen begegnen wird, um sich daran festzuhalten.

Als mein Blick von dem leeren Korb abschweift, bemerke ich eine Katze, die sich auf einem der Bistro-Stühle zusammenkauert. Sie verschließt sich, so gut sie kann, nach außen gegen das Nichts. Es ist klar, dass sie hier nicht bleiben kann, sie wird hier keinen Halt finden. Ihre Augen sind fast verschlossen. Ein Blinzeln nur, durch das sie hervorlugt. Es versucht, aus seinem Innern herauszufinden, um einen Platz zu finden, an dem es sich neu verankern kann.

Nacht

Wir sind wieder an der Stelle, wo wir geschlafen haben, mitten im Dreck, und wir haben gut geschlafen. Der Boden wirft sich karstig auf und die Olivenbäume stehen in Abständen. Hier hat seit langer Zeit keine Menschenhand gewirkt und die Natur hat nur mit Ernst reagiert, trotzig und arm und grau. Es gibt hier keine weiteren Pflanzen oder Empfänglichkeiten, nur Erde, an der Oberfläche ausgetrocknet.

Ich weiß nicht, warum wir uns hier niedergelassen haben. Katinka und Solveig wollten es so. Es war eine unterschwellige Gewalt, von der nicht klar war, ob sie von ihren Blicken oder ihren Händen ausging. Sie wirkte wie zufällig und sogar beliebig und ein Auflehnen war undenkbar. Sie lag wie eine Luftschicht zwischen den Stämmchen, aber sie war viel klarer als die Luft, vollkommen unbewegt und ausgedünnt und kalt. Sie hatte mich ergriffen und konnte nur von den beiden kommen.

Sie hantierten mit den Schlafsachen und die Nacht würde uns auskühlen, während ich wie gelähmt zwischen den Zweigen hing und von dem, was mich umgab, aufgesogen wurde, selbst schon klirrende Luft und Zweige. Ich wollte nicht hierbleiben, es schien mir ein zu lebensfeindlicher Ort.

Doch die fürsorglichen Hände wirkten ihre Handgriffe, auch wenn wir nur wenig zum Schlafen hatten. Einen gargeligen Schlafsack, wenn überhaupt, dürftige Unterlagen, sie reichten nicht für alle, und das Gepäck, es schien mir doch sehr hinfällig, und manchmal zweifelte ich, ob es überhaupt da war oder ob sie nur so taten, wenn sie mit ihren Handspielereien Sachen auspackten, Decken auffalteten und lächerlich kleine und dünne Kissen aufschlugen und zurechtrückten. Es kam mir vor, als seien es alles nur Bewegungen, die sie mit der Luft vollführten. Diese stand rein und fast schon frostig und ich spürte sie nicht.

Es war, als ob die Zeit nicht gewesen sei oder ich sie nicht erlebt hätte, und als ich aufwachte, schien es, als sei ich selbst klare Luft geworden, von innen mit Düsternissen ausgefüllt, vollkommen fühllos und ohne Körper. Ich sah die beiden in ihren Schlafsäcken auf dem schrundigen ausgezehrten Boden liegen und es war mir egal, ob ich tatsächlich neben ihnen war, aber es konnte ja gar nicht anders sein.

Die Morgendämmerung warf aus einer fernen Weite ihre Helligkeit, doch die Sonne würde noch lange nicht aufgehen. Trotzdem blendete mich das wenige frühe, nicht sehr gelbe Weiß, mit dem alles überzogen lag. Es schien, als würde der gleißende Ball nie mehr über die Hügelkette kriechen, so kalt und steif und unbeweglich lag ich auf dem harten Boden wie ein ausgedörrter Zweig.

Als würde ich nie mehr aufstehen können oder meine Arme und Beine ausstrecken. Und ich wusste, ich würde nur warten müssen, bis sich die beiden regten und sich aus ihrem Schlaf herauswühlten. Die klare Luft würde mir ihre Wärme und Weichheit schenken und mich von innen neu beleben. So lag ich vollständig ausgefüllt von Nacht wie auch die ganze Umgebung und die eisige Helligkeit, die alle Oberflächen wie Tau bestrich, war doch nur eine Täuschung.

Gläschen

Katinka und Solveig richteten das Gepäck und immer, wenn sie etwas in die Hand nahmen, schien es, als sei es vorher nicht dagewesen. Und wenn sie es aus der Hand legten, verschwand es wieder, als ob es nie mehr sein würde. Der Rucksack war ohnehin schon übervoll davon und konnte doch unendlich viel aufnehmen, was auch immer dazukam. Ich sah, wie sich ihre Rücken über die Gepäckstücke beugten und wie sie mit dem, was zu packen war, immer weiter herumwerkelten. Es aufnahmen, einfüllten, aufnahmen, einfüllten. Es schien kein Ende zu nehmen, obwohl doch gar nichts da war.

Die Reisegesellschaft um uns herum sammelte sich. Ich kannte niemanden und bald würde der Bus uns alle in seinen Bauch einlassen. Die Fahrt würde lange dauern und ungemütlich sein, denn es war ein alter Bus ohne viel Komfort. Wir konnten froh sein, dass es keine Holzbänke gab.

Katinka und Solveig würden nicht mitfahren, wir würden uns später wiedersehen. Nun stellte sich heraus, dass doch nicht alles in die Rucksäcke passte, sie mussten aussortieren. Sie fingen mit den zwei Pappböden mit darauf eingeschweißten Trinkwassergläsern an. Sie erinnerten an schmale Marmeladengläser und hatten weiße Deckel ohne Banderole auf dem Glas. Das machte einen vornehmen Eindruck. Ich würde sie auf der Fahrt brauchen und freute mich schon darauf, ihre abgerundete, glatte Form in der Hand zu halten und den Deckel aufzudrehen. Es war mehr das, als das Wasser, das darin eingeschlossen war. Das Trinkwasser war nur sekundär.

Die zwei Paletten legten sie vor dem Bus auf dem Boden ab. Ich achtete gar nicht darauf. Mein zerstreuter Blick streifte sie nur, ich glaube, es waren zwölf Gläschen in einer Packung. Meine Gedanken waren schon gefesselt von dem, wohin ich wegfahren würde, weg in die Ferne, weg von ihnen. Die Fahrgäste, die sich vor dem Bus sammelten, wurden mehr und mehr und die Zwischenräume enger, so dass sie schon aneinander stießen.

Auch sie würden alle wie ich von hier weggenommen werden. Da war schon keine Verbindung mehr mit den beiden, obwohl sie noch vor mir standen und sich bückten und weiter an den Rucksäcken herumzupften. Oder war es nur schon Erinnerung, die die Leere verwischte? Auf jeden Fall löste sich das Bild immer mehr in Nichts auf und ich konnte nicht überprüfen, wie real es noch war. Es kam wohl daher, dass sich die Busgesellschaft hier vor dem Bus so eng um mich drängte und immer enger.

Der Zeitpunkt kam, als alle und auch ich in den Bus einstiegen, meine Habseligkeiten unter den Arm geklemmt. Auf die Wasserpaletten hatte ich ab und zu ein Auge. Sie waren, ohne dass ich mitbekommen hatte wie, von Hand zu Hand gegangen und auf der Ablage über einem Radkasten im Bus gelandet, nicht weit von meinem Sitzplatz entfernt. Ich hätte meine Hand nach ihnen ausstrecken können, wenn das Gedränge nicht so dicht gewesen wäre. Menschenleiber, Gepäckstücke, alles war noch in Bewegung, so dass sich auch immer wieder freie Zwischenräume auftaten, in denen die Gläschen auftauchten.

Die Abfahrt stand kurz bevor und die Zeit begann sich zu dehnen. Es kam mir so vor, als sei das alles schon die Fahrt und das Angekommen-Sein in einem, auch wenn es eher unwahrscheinlich erschien und gar nicht sein konnte und im Grunde genommen war es unerheblich.

Da war nur die Enge und die zwei Burschen, die sich vor mir niedergelassen hatten, eher derbe Typen. Das erkannte ich sofort, denn sie nahmen ihren Platz wie mächtige Pharaonenskulpturen ein, übergroß, unverrückbar und fest umrissen, als würden sie nie vergehen können, auch wenn sie nur herumlümmelten. Der eine hatte einen kräftigen Unterkiefer und die ganze Unruhe und der Lärm um uns herum konnten ihnen nichts anhaben. Ja, es war, als ob sie das Zentrum davon bildeten. Das konnte ja nur Einbildung sein.

Meine Wassergläschen lagen direkt neben ihnen und derjenige mit dem Kiefer bekam eines davon wie zufällig in die Hände. Ich wollte nichts dazu sagen, weil ich ja nicht wusste, was er damit vorhatte. Doch mein ganzer Körper zitterte von etwas, das sich giftig oder verdorben anfühlte. Meine Gläschen! Wie sehr hatte ich mich darauf gefreut, sie mit der Hand zu umschließen, den Deckel mit einem Plopp aufzudrehen und vielleicht sogar daraus zu trinken. Daran war im Augenblick nicht zu denken. Ich musste warten, bis der Kerl es zurücklegte. In seinem Blick lag etwas Anerkennendes. Das Gläschen gefiel ihm. Ohne dass er sonst etwas tat, wusste ich, dass er es als sein Eigentum ansah und wahrscheinlich all die anderen auch.

„Halt! Das sind meine Gläschen!" entfuhr es mir ganz unkontrolliert. Am liebsten hätte ich meine Hand danach ausgestreckt und es genommen und ich weiß nicht, ob ich es nicht auch tat. Sein Blick traf mich mit voller Wucht vollkommen außerhalb meiner Vorstellungskraft. Ich verstummte sofort. Ich wusste, die Gläschen waren verloren, allesamt. Sie waren seine Beute.

Und dann die tagelange Fahrt, die vor uns lag. Ich würde genug Wasser haben, woher auch immer. Nur wie sollte ich die Schmach überstehen?

Gewand

Ich würde das Kleid bekommen und es würde so unendlich fein gewirkt sein, dass ich es nicht spüren würde, wenn ich es trug, und es würde mich trotzdem vollständig bedecken und schützen. Die tibetischen Mönche in der Ecke da drüben arbeiten daran und auch wenn es dort eng zugeht, faszinieren mich die Wände, die ganz mit bunten Textilien ausgekleidet sind.

In diese alten Stoffe und Webereien und Muster wird all das eingeflossen sein, was im Verlauf der langen Zeit hier erschaffen wurde. All die sorgsamen Stickereien in ihren einzigartigen Anordnungen jeweils nach Bedeutungen, die auch wieder aus ihnen ausgeflossen sein mussten. Diese Nische, ein winziger quaderförmiger Raum in der hintersten Ecke, strahlt vollkommene Ruhe und Abgeschlossenheit aus. Licht wie von Sonne liegt darin, obwohl sie fensterlos ist.

Auch die Mönche ruhen in sich selbst, während das Kleid in ihren Händen liegt und sie daran arbeiten. Mein Kleid! All die Farben aus dem Winkel fließen darin ein und ihr Licht. Freundliche Farben in solcher Ausgewogenheit, dass sie jenseits meiner Vorstellungskraft liegen. Sie leuchten von innen heraus und die Frische, die aus ihnen aufstrahlt, zeugt von einer solchen Milde, dass es mich schaudert bei der Vorstellung, sie zu berühren. Rot, Gelb, Blau und Grün in reinster Harmonie angeordnet und ineinander gewirkt mit geheimnisvollen Untertönen, die ich nie verstehen werde. Farben, von denen ich nichts gewusst habe. Farben, die ich mir niemals hätte vorstellen können. Es wird mein Kleid sein.

Sie sitzen dort vollständig in sich versunken und nehmen mich nicht einmal wahr. Gleichzeitig wissen sie, dass sie es für mich herstellen. Sie sind ganz vertieft in ihre Arbeit. Ich habe keine Bedeutung für sie. Sie gestalten das Kleid bestmöglich. Sie arbeiten an dem besten Kleid, das sie hervorbringen können, unabhängig von mir. Es wird ihr bestes Kleid sein, das sie jemals erschaffen haben, und ich werde es aus ihren Händen entgegennehmen, sorgsam zusammengefaltet. Das Licht, das in ihm verborgen liegt, wird mich umstrahlen.

Wasser, in sich widerspenstig

Botschaft

Wir tauschen Worte aus, keine gewöhnlichen, banalen Worte wie in einem Gespräch. Es fühlt sich an, als hingen sie schwer und umrissen in der Luft. Gleichzeitig sind sie mit Leichtigkeit und Buntheit durchwebt wie von Schmetterlingen. Wir haben ihre Bedeutung nicht ergründet und doch tanzen sie real vor unseren Augen umher. Wundergebilde, elfengleich und doch ganz einfach. Glanz umkleidet sie, den sie an ihre Umgebung ausstrahlen. Sie bewegen sich vorsichtig durch die Luft, als ob sie nicht aneinandergeraten dürften. Sie stoßen sich voneinander ab wie Magnete, wie das Metall von Raumschiffen. Nur eben etwas kleiner, etwas größer als eine Faust.

Ganz ähnlich bewegen sich die Glieder unserer Gruppe und unser gemeinsames Dasein erscheint ähnlich durchscheinend und nicht fassbar. Unsere Körper verschieben sich mechanisch auf der fest getrampelten Fläche von hellem Lehm. Auch wir dürfen uns nicht berühren. Das spüren wir, ohne darüber nachzudenken. Wir schauen uns an und wenden uns ab. Wir sind in uns versunken und schöpfen aus einem unermesslichen unbekannten Inneren. Der Tanz von Irrlichtern, diffus, ohne Umrandung. Das Uns-Versprühen und Uns-Verlieren. Unsere Gestalt verändert sich fortlaufend und gleichzeitig formt sich ein Wesen darin aus wie von Licht.

So tanzen wir und die Energie der Worte, die wir nicht erfassen können. Sie steigt auf und ab, keinesfalls hell leuchtendes Licht, sondern nur schwacher Schein. Mal stärker ausbildet, mal führt er ein Eigenleben. Scheue Tiere, die sich verstecken oder zu erkennen geben. Wir sind es gewohnt. Es ist selbstverständlich, so zu leben.

Babette ruft. Ihre Stimme dringt kaum durch, so entfernt erklingt sie. Unterschwellige Laute und die Worte erreichen mich kaum. Die anderen achten nicht darauf, obwohl die Rufe doch den ganzen Raum durchdringen. Ich höre sie in einem Zustand von tänzerischem Schlaf und doch erfasse ich sie. Sie wünscht sich, dass ich die Worte aufschreibe. Ein sehr ausgefallener Wunsch, sie wird ihre Gründe haben.

Mit ihren Worten weht das erdige Braun und ihre Wärme zu mir herüber. Der feste Klang der Stimme, in der gleichzeitig Zittern liegt. Sie lösen Resonanz und Mitschwingen in mir aus, die ich nicht kontrollieren kann. Ich will auch gar nicht, dass das Vibrieren und die Wohligkeit in ihnen verklingen, auch wenn ich die Bedeutung nicht verstehe oder das, worauf sie gerichtet sind.

„Hast du Papier und Bleistift zur Hand, um eine Nachricht von mir aufzuschreiben?"

Noch so ein ungewöhnlicher Wunsch! Wir alle leben hier nur für unsere Worte, ohne sie aufzuschreiben, auch wenn sie fortwährend in ein unbekanntes Nichts verfliegen. Was sie wünscht, ist respektvoll gemeint und trotzdem mit einer solchen Entschlossenheit. Ich kann nicht widerstehen, ihm nachzugeben. Und ja, woher auch immer, Schreibblätter und Stift habe ich zur Hand. Natürlich werde ich deine Worte aufschreiben, auch wenn ich nicht weiß, wie das gehen soll. Ich bin so bereit, dass das alles egal ist. Ich will nur auf deine Worte lauschen.

Ein Fetzen aus Seidenpapier fliegt vorüber, zerriebenes Papier, geschwungene Buchstaben, aus denen sich Worte formen, so verwischt, dass ich sie nur schwer entziffern kann. Sie werden bald verweht sein, wenn ich mich nicht bemühe, sie zu lesen. Den Anfang und das Ende kriege ich nicht zusammen, nur: „... ich brauche deine Großzügigkeit nicht und sie schadet mir nur..."

Die Buchstaben darum herum flattern fort, ohne dass ich daraus hätte Worte bilden können. Es soll mir egal sein, was sonst noch auf dem Zettel stand. Ich will das festhalten, was ich erfassen konnte, und ihrem Wunsch nachkommen. Ich unterdrücke die Bedeutung. Sie soll mich nicht erreichen. Ich spüre den Schmerz, der darin liegt, und den unbändigen Wunsch, sich zu befreien, von was auch immer. Einerseits bewundere ich, was sie sagt. Andrerseits schrecke ich davor zurück. Ich will mir das alles nicht eingestehen. Ich merke, dass es ein Affront ist, auch wenn ich nicht weiß, was hinter dem Affront steckt.

Es soll mir auch einerlei sein. Es wird schon besser für sie sein. Und für mich, nicht zu verstehen. Eine Gewissheit gibt es sowieso nicht. Alles Verstehen-Wollen würde nur in die Irre führen. Die dumpfe klare Gewissheit wird entscheiden. Das alles kann ich weder verstehen noch denken. Es erreicht mich als etwas, das sie braucht, auch wenn es Schmerz in mir auslöst.

Ich lese den Zettel nochmal und aus dem, was sich daraus zusammensetzt, entsteht in mir der Impuls, doch noch aufzuschreiben, was sie sich gewünscht hat. Auch wenn mich angreifen soll. Zuerst entsteht er ganz klein. Dann breitet dieser Antrieb sich unwiderstehlich aus, bis er mich ganz ausfüllt.

Motorrad

Der Nachmittag steckt in der Ewigkeit fest und die Zeit watet durch ihren Sumpf. Das Licht hier drin wird von Diesigkeit verschluckt in den niedrigen und gleichzeitig weiten Räumen und schafft es kaum von den entfernten Fenstern bis hierher. Das macht nichts bei der Schläfrigkeit. Unsere Körper schleppen sich von Gewicht und das Gähnen zieht uns in die Betten zurück. Solveig berührt das nicht. Ihre Glieder sind jung und nicht so verstellt wie Katinkas und meiner. Sie zeigt uns die Zimmer, in denen wir bleiben können.

„Du kannst es an der Baumwolldecke erkennen", sagt sie.

Diese hier aus dunkelgrauem Baumwollstoff ist durch ein gesticktes Blumenmuster verziert und füllt die ganze Fläche der Decke aus. Sie liegt zusammengefaltet am Bettende und das Bett erstreckt sich über den gesamten Raum. Nur vor dem Fenster und der Balkontür verläuft ein schmaler Gang. Als sie uns ihr Zimmer zeigt, sieht es fast genauso aus wie meins, nur die Baumwolldecke ist in ihrem Grundton hellbeige gehalten. Auch sie weist das fein gearbeitete Muster in verschiedenen Rottönen auf. Ich für meinen Teil finde ihre Decke schöner im Gegensatz zu ihr.

Wir hätten längst aufbrechen sollen, wäre da nicht die Sache mit Solveigs Arbeit. Der Bewährungshelfer, ihr Kollege, hätte längst kommen sollen und ich glaube, er stand auch schon vor der Tür. Wir haben gerade noch einen weiteren fensterlosen Nebenraum inspiziert und begonnen, uns darin zurechtzuruckeln. Sie wollte uns ja die ganze Wohnung zeigen. Auch in ihm steht ein Bett, das den Raum ausfüllt, und wir haben es uns darauf bequem gemacht.

Ich habe das Gefühl, dass sich Solveig vor der Begegnung mit ihrem Kollegen scheut. Sie macht den Job noch nicht lange. Dabei hat sie immer durchgezogen, was sie angepackt hat. Ich werde mich mehr im Hintergrund halten. Ich will mit der Sache nichts zu tun haben und lieber einen freien Kopf behalten.

Er klopft an der Tür und steht im selben Augenblick auch schon im Raum. Ich merke, dass auch er sich überwinden musste und dass er lieber früher als später mit der Sache durch ist. Er zumindest hat Erfahrung. Seine Bewegungen vollziehen sich ruckartig und unkontrolliert. Die Farben der Strickjacke sind greller, als sie sollten, und die Wolle ist verfilzt im Gegensatz zu den Silberknöpfen. Das Gespräch kommt schwer in Gang. Er hat sich Gedanken gemacht über die Gefangene, die bald freikommen soll. Sie ist noch ein junges Ding und noch schüchterner geworden im Gefängnis.

„Wenn sie mit der Arbeit im Freigang anfängt, wird es bald besser werden. Die Schmuckfabrik wird ihr gefallen. Sie hat ein Händchen für feine Arbeiten, auch wenn die Abläufe gleichförmig sind. Das wichtigste ist, dass sie wieder ein wenig Freiheit genießen kann."

Solveig hat die Knie aufgestellt und die Bettdecke darübergezogen. Sie bräuchte nicht so zurückhaltend zu sein. Die Verhandlungen erinnern mich an meine frühere Arbeit und ich spüre, dass sich meine Lebensgeister regen.

„Ah, Arbeit in der Schmuckfabrik."

„In der Freizeit kann sie Motorrad fahren", meint er.

„Sie hat es nicht so mit Natur."

Ich notiere mit Bleistift: Arbeit, Schmuckfabrik, Freizeit, Motorrad.

„Sie ist ein bisschen blass geworden im Gefängnis", meint er. „Sie war noch nie die Kräftigste. Ihr strähniges blondes Haar ist noch stumpfer als vorher geworden."

Er will nur ihr bestes und hat Erfahrung.

„Es gibt nicht so viele Stellen. Sie wird zurechtkommen."

Das spüre ich auch, auch wenn ich nicht weiß, wieso. Es wird kein leichter Weg für sie werden und wie es ausgeht, ist ungewiss.

„Der Schmuck besteht hauptsächlich aus kleinen farbigen Kunststoffteilen, wie geschaffen für ihre Finger. Es macht ja nichts, dass sie leichenblass ist. Kein Wunder, wenn sie keine Natur mag. Immerhin fahren Motorräder auf Landstraßen durch die Natur hindurch."

„Von wem bekommt sie das Motorrad gestellt", will ich wissen, auch wenn mir die Frage im Nachhinein spleenig vorkommt.

„Vom Gefängnis oder der Bewährungsbehörde? Sie hat doch kein eigenes Geld"

Jetzt erst merke ich, wie jung der Bewährungshelfer eigentlich ist. Er hat sich von innen gegen den Türrahmen gelehnt und ist mittlerweile ein Stück zusammengesunken. Er ist es nicht gewohnt, so lange zu stehen. Sein ausgeschnittenes Gesicht ist unrasiert. Die Gesichtshaut sieht verlebter aus, als sie sollte. Ich tippe auf Zigaretten.

„Na dann, Fahrrad", sagt er nach kurzem Überlegen.

Aber wenn sie keine Natur mag, schießt es mir durch den Kopf.

Filmvorführung

Die Leinwand setzt sich zusammen aus Ahnungen und Missverständnissen und wird die Bilder besser zurückwerfen als jede andere. Sie strahlt von blendendem Weiß, so sehr, sie muss aus blendendem Weiß bestehen. Kein kaltes, eher ein warmes Weiß, das kein Gelb in sich trägt. Ich spüre, dass ihr keine Stofflichkeit innewohnt, nur reine, ausfließende Energie, woher auch immer. Sie bildet sich in dem Augenblick, in dem die Bilder auf sie treffen. Würde meine Hand nach ihr greifen, würde ich ins Nichts fassen.

Der Helfer in der Nähe strotzt vor Kraft und die Konturen seiner mächtigen Gestalt heben sich scharf vom Hintergrund ab wie mit einer Nadel gestochen. Der schwarze Spitzbart steht ihm nicht, er wirkt zu altertümlich. Er wuchtet mit mir die Requisiten herum, Ausstattungsgegenstände für die Filmvorführung. Ich bin ihm nur lästig, auch wenn er versucht, sich das nicht anmerken zu lassen. Das Sofa muss an diese oder jene Stelle, er macht das alles für mich. Ein niedriger Zweisitzer, aufwendig gepolstert und hellgrau. Ich versuche, die Anordnung der Möbel zu verstehen, aber es gelingt mir nicht. Er ist schon dabei, die Füße des Beistelltischchens in den Boden zu rammen, ein alter kostbarer Holzboden, mich schaudert dabei.

Der Regisseur am Rand der Bühne verfolgt mit halbem Auge, was um ihn herum geschieht, obwohl er alles mögliche nebenher regeln muss. Jede zusätzliche Aktion nervt. Er gebietet dem Helfer Einhalt, indem er seinen Umhang in einem Bogen über die Schulter wirft. Das Innere des Stoffs leuchtet rot auf.

„Halt! Du!"

Ich kenne den Film. Es ist ein alter Film. Die Bilder beginnen schon, auf der Leinwand zu flimmern. Die Tricktechnik damals war noch nicht so aufwendig und mit ein bisschen Phantasie werden die Dinosaurierknetfiguren lebendig. Die Babydinosaurier tapsen mit ihren runden Füßen durch den Schlamm in die Welt hinein, als ob es dort keine Bedrohung geben könnte. Pflanzen und Hintergrund verschwimmen in Schwarz-Weiß und der Wind frischt auf.

Ihre Mütter beobachten sie aus der Ferne. Die Kleinen haben keine Angst und stapfen einfach weiter. Sie würden nicht lange überleben, wäre da nicht ein freundlicher Film. Die Leute von heute würden ihn als Kinderfilm empfinden, aber damals wurde er für Erwachsene gemacht. Es müssen naive Zeiten gewesen sein. Ist es möglich, dass eine Zeit jemals so naiv sein konnte?

Immer wenn sich der Regisseur umwendet, meine ich, dass er finstere Blicke auf mich wirft. In Wirklichkeit beachtet er mich wahrscheinlich kaum. Ich glaube, es stört ihn, dass ich mich auf dem Sofa breitgemacht habe. Dabei ist es doch für mich gedacht. Die feine rauhe Oberfläche trägt mein Gewicht sanft und spielerisch wie eine Feder. Meine Fingerspitzen können seine Farbe spüren, wenn ich darüberstreiche. Die Installation für die Filmvorführung ist noch nicht abgeschlossen. Sie ist nur für mich. Für den Regisseur ist es wichtiger, dass alles stimmt. Ich glaube, ihm ist es egal, wer da sitzt.

Woher soll ich das schon wissen?

Die Schauspielerin spricht gut, wie nicht anders zu erwarten war. Bei mir jedoch kommt nur der Klang ihrer Stimme an, sie erscheint überirdisch. Die Gesichtszüge verlaufen bleich und der Pagenkopf setzt sich schwarz dagegen ab. Sie muss in den mittleren Jahren sein. Ihre Haut spannt sich straff über die Wangen, so viel jünger als meine.

Sie probt die Begrüßung für die Umweltkonferenz, die hier bald stattfinden wird, es kann nicht mehr lange gehen. Der Körper im dunklen Kleid pendelt ein wenig in die Türöffnung hinein und hinaus, die Tür in der Rückwand der Bühne. Ein weites Halboval aus schwarz gestrichenen abgetretenen Brettern, etwas erhöht gegenüber dem Zuschauerraum. Jetzt bleibt sie verdeckt in dem Winkel hinter der halb geöffneten Tür stehen, halb drin, halb draußen.

Vor ihr breitet sich das Auditorium für die weltweite Konferenz wie in einem Amphitheater aus und ich wundere mich, warum es sich nur so allmählich füllt. Es kann nicht mehr lange bis zur Eröffnung gehen, die meisten Teilnehmer sollten schon längst da sein. Schaue ich in die Gesichter, erkenne ich nur geschäftsmäßige Mienen, alles Koryphäen auf ihrem

Gebiet, eine verschworene Gemeinschaft. Doch warum sind es nur so wenige und wo bleiben die anderen?

Die Schauspielerin hat ihren Vortrag gerade beendet und wagt doch ein paar Schritte auf die Planken. Sie überquert sogar die ganze Bühne mit ihren entschlossenen Schritten. Sie wirkt befreit und lächelt. Ich hätte nie zu träumen gewagt, ihr jemals so nahe sein zu können. Dabei muss ich nur sitzen bleiben auf meinem Platz am vorderen Rand der Bühne und sie kommt immer näher auf mich zu. Dann dreht sie ab. Ich glaube, sie hat mich noch nicht einmal bemerkt.

Im Publikum nehmen sie wieder ihre Gespräche auf. Das Reden schwillt so weit an, dass es unmöglich wird, sich zu verständigen. Ich habe mich in eine der vorderen Reihen gesetzt und schaue mich um, wer in meiner Nähe sitzt. Ein dunkelhäutiger schlanker Mann ist auf mich aufmerksam geworden. Er versteht nicht, warum ich mich nicht mehr in die Gespräche einklinke. Das erkenne ich an seinem Gesichtsausdruck. Es scheint fast so etwas wie Bewunderung darin zu liegen.

Er schaut mich unverwandt an und zieht die Augenbrauen hoch, als ob er mir sagen wollte: „Na, was ist? Kannst du nicht sprechen?" Es kann auch eine Entlastung sein, sich von allem Reden zu befreien. Es tanzt sowieso nur in das Nichts hinein und verschwindet ein für allemal darin. Lass sie nur reden und sich abmühen. Ohne das gleicht es abzuheben und zu fliegen, so leicht fühle ich mich ohne Worte.

Wenig später sind wir noch einmal zurückgekehrt zu dem Platz hier und steuern mit unserem alten Golf auf den freien Platz vor der Bühne. Ein freundliches leeres Fahren wie in den Weltraum hinein. Wäre da nicht die schon geometrisch ovale Fläche, schwarz bebrettert, und das Rollen der Autoräder. Vor der Bühne ist genügend Platz zum Parken und das Einlenken kein Problem. Wir sind es gewohnt, das Auto hier abzustellen. Die Fahrgäste sind zufrieden. Das Auditorium hinter uns versinkt in Dunkelheit. Katinka steigt aus und bleibt zwei Schritte vom Wagen entfernt stehen. Sie hält die dicke Fahrzeugmappe aus dem Handschuhfach in den Händen, an sich schon ein Ungetüm. Sie lässt die Fahrertür weit offen stehen.

„Ja, das ist unser Auto! Das beweist doch die Mappe!"
Der wuchtige schwarze Plastikeinband mit den dünnen Rillen, damit er nicht so leicht aus der Hand rutscht. Keine einfachen Rillen, eher eine umfassende Geriffeltheit in feinsten aneinander liegenden Linien wie mit der Nadel gestochen, ich könnte mich darin verlieren. Der fragwürdige Inhalt auf ringbuchartigen Seiten ähnelt Militärrängen oder DIN-Normen oder gleich Listen mit Symbolen untergegangener Sprachen.

Aus all dem steigt feierlicher Ernst auf, umweht von technischem Hauch, als könnten diese Zeichen die

Erde von ihren Sorgen erlösen und vielleicht tun sie das auch. Eine Mischung aus mineralischer Stofflichkeit und damit verbundener unschuldiger Gewalt. Katinka schlägt die Mappe auf und zu und wälzt die Seiten hin und her. Sie ist ratlos. Ihr Misstrauen gegenüber der Mappe ist offensichtlich. Ich weiß mir auch keinen Rat. Der Golf ist zwar alt und die Kanten verlaufen zu abgerundet. Aber besser kann man nicht in einer Parklücke stehen. Der Junge im Anzug nebendran meint es nur gut:

„Ich weiß genau, ich bin mit denen gefahren. Ich habe ihre Gesichter im Rückspiegel gesehen."

Es umschmeichelt uns wie Sommerwind, auch wenn ich nicht weiß, ob es bei allen ankommt. Er wird die Umstehenden schon überzeugen, aber sind es die Richtigen? Sie fliehen über die Bühne und auch für mich wird es langsam unerträglich, dass er nicht aufhören kann zu reden und zu reden. Seine Worte zerhacken die Luft, zerhacken sie wie Krähenschnäbel und er lässt sich immer weiter von ihnen fortreißen und fliegt mit ihnen davon.

„Welcome!" ruft der Sportwagenbesitzer, der gerade neben unserem Golf eingeparkt hat. Er stolziert mit Schnauzbart und Gamaschen auf uns zu. Es liegt etwas Zwangsläufiges darin wie in dem Abstand zwischen seinen Augenbrauen und Wimpern und doch schwingt Hoffnung mit. Es wird ja nur eben diesen einen Weg geben.

Es ist schon verrückt, wie schnell sich hier alles nach dem Gruppentreffen in den engen Gassen verläuft. Es wirkt wie morgens im Kindergarten, wo alle ihre Mäntel an den Haken aufhängen und durcheinander in die Räume rennen.

Ich will Tracy auch gar nicht mehr begegnen und sie mir auch nicht und als wir aufeinandertreffen, huscht doch ein scheues Lächeln über ihr Gesicht, das sie sofort wieder bereut. Damit sieht sie viel jünger und frischer aus als vor ihrem Urlaub. Wir verlieren uns auch sofort wieder zwischen den Marktständen des Wochenmarkts im August. Unter die vertrauten Gesichter mischen sich fremde. Die Spiegelung des Lichts auf dem feuchten Kopfsteinpflaster, über das ich so leicht hinwegschwebe wie ein verloren gegangenes Pendel, das in die Weiten des Weltalls ausschwingt. Niemand hier wird sich mehr für mich interessieren.

Ich habe noch die Bilder von vorhin im Kopf, als wir die Bowle durch den Regen retten mussten. Die kurze Strecke über den Rasen hinweg zum Haus, einem Altbau aus wuchtigen roten Sandsteinquadern. Nur wenige begleiteten uns auf dem Weg unter den Balkon. Es war wie über glühende Kohlen zu laufen, so verlassen fühlte ich mich von denen, die nicht mitmachen wollten, sei es aus Illoyalität oder Unentschlossenheit. Der Regen setzte in dicken Tropfen ein, um sich sofort danach wieder zu verkrümeln. Sie fielen in die Bowle und wer konnte schon wissen, wann und wie heftig es weitergehen sollte.

Jetzt haben sich alle endgültig zerstreut und niemand scheint mehr übrig zu sein. Die bunten gestreiften Marktschirme in den Gassen sind mir vertraut. Immer wenn ich eine vermeintlich bekannte Gestalt erblicke und mich ihr zuwende, ist es jemand Fremdes. Also kann ich auch weg hier. Am Ausgang vor der Stadtmauer dicht neben dem Bogen des gewölbten Stadttors stehen doch noch zwei aus unserer Gruppe. Sie waren immer dabei, auch wenn ich mit ihnen nie etwas zu tun hatte, aufragende Gestalten in für meinen Geschmack zu hängenden Klamotten. Ich glaube, ich habe keinen Nerv auf sie und laufe lieber vorbei.

Und noch während ich gerade an ihnen vorbei will, beugt sich die Frau in einer vollkommen ruhigen Bewegung ihres Oberkörpers zu mir vor, klar und selbstverständlich. Die junge schlanke Gestalt im geblümten Sommerkleid. Ich erlebe es in Zeitlupe, die zwei schmalen Träger, die wie zierliche Schlangen über ihre Schultern hinkriechen. Das hagere und trotzdem glatte Gesicht strahlt Zugewandtheit und Gelassenheit aus.

Ihr Duft verströmt sich betörend und dezent zugleich, kaum wahrnehmbar. Ihr schmaler Mund und die gesenkten Augen, die sich mir nähern. Sie legt für einen kurzen Augenblick die Hand auf meine Schulter und zieht mich zu sich heran, um mir einen Wangenkuss zu geben. Und mich sofort danach wieder loszulassen, wie um mich davonfliegen zu lassen. Das Gefühl von einer Flaumfeder, die vom Wind emporgehoben wird, um sofort wieder abzusinken, ganz leicht, und vielleicht wieder aufzusteigen.

Nur einen Augenblick umhüllt mich ihr Glanz, der mir noch nie vorher aufgefallen war. Sie scherzt schon wieder mit ihrem Partner. Das Abendlicht taucht ihre Gesichtszüge in perlende Mattheit, so zurückhaltend, dass sie nur aus der Nähe zu erkennen ist.

„Ciao, Gabi und.. Klaus!" bringe ich mühsam und mit einem Kratzen in der Stimme hervor.

Sein Name wollte mir nicht einfallen und all das passiert im Vorübergehen. Die Schritte, die mich aus dem Markt heraustragen, sind erfüllt von Sehnsucht und Gelöstheit. Wo war nochmal mein Fahrrad? An der Heiliggeistkirche? Ich brauche ein paar Augenblicke, nachdem ich in die falsche Richtung gelaufen bin. Das einzige, was mich wieder zur Besinnung bringt, sind die glatt polierten Köpfe des Steinpflasters.

Aus dem Reich des Vergessens

Spiegelbild

Ich weiß im selben Augenblick, dass die meiste Ent-täuschung gerade von mir selbst produziert wird. Nur weil sich mir Katinka liebevoll entwindet. Sie will noch unbedingt nach Solveig schauen, die gerade die Haustür geöffnet hat, um sich zu verabschieden. Gleich ist sie weg. Solveig, die ihr ganzes Denken und Fühlen einnimmt. Und danach... Alle Umarmungen und Liebkosungen helfen nicht. Was von mir übrig bleibt, ist ein trudelndes Etwas im Nicht-Raum, die Negation seiner selbst, so machtlos.

Ich muss einfach nur weg hier. Die heimische Woh-nung stößt mich ab. Während meine Schritte die Treppe nach unten torkeln, lasse ich das zurück, von dem ich weiß, dass es mich wieder aufnehmen wird, auch wenn ich das jetzt nicht fühlen kann. Der Waldrand rückt näher und in ihm liegt die Öffnung zum Waldweg hinein. Ich tauche ein in den Tunnel und sauge seine Einsamkeit auf. Sie lässt mich Hauch um Hauch zu mir zurückkehren.

Das Haus am Wegrand steht mitten im Wald. Eine überraschende Erscheinung, denn es sieht aus wie ein Stadthaus mit Jugendstil-Ornamenten. Seine Schau-fensterscheiben und Dekorationen ziehen mich un-willkürlich an. Auf Holzstäben hängt handgestrickte

Wollkleidung. Das würde Katinka sicher gefallen. Die Gelb- und Grüntöne strahlen Wärme aus. Ich kann durch die Glasscheibe hindurch erkennen, wie sich dahinter Menschen bewegen. Als ich mich hineinwage, zerstreue ich mich über dem glatt gewienerten Holzboden, vom Alter gedüstert. Ich spüre, wie er anfängt, mein Gewicht zu tragen. Das Gefühl von Schwere gibt mir Stofflichkeit zurück, auch wenn es sich immer noch so anfühlt, als ob meine Umrisse in der Dunkelheit verdunsten würden.

Jeder Schritt gibt mir Sicherheit zurück und die Umgebung holt mich zu mir selbst. Der Raum mündet auf einen Steinbalkon, vollgestopft mit Leuten. Sie genießen die Aussicht. Dahinter liegt ein parkähnlicher Garten, runde Baumwipfel hinter einer ansteigenden Rasenfläche. Wie wohltuend, dass ich hier niemanden kenne. Ich steige die schmale Steintreppe hinunter, um mich im Garten wiederzufinden. Die Lieblichkeit des Parks saugt den Rest Widerborstigkeit aus mir heraus. Jedenfalls fühlt es sich so an, auch wenn es nur eine Illusion sein kann.

Jenseits des Gartens erstreckt sich der Wald. Dort hinten steht der Boden unter Hochwasser, das von einer fernen Strömung müde verschoben wird. Es steht nicht sehr hoch, die schwere Oberfläche scheint zu schlafen. Sie fließt zwischen den Stämmen hindurch im gegenseitigen Erdulden und scheint doch keinen Grund zu kennen.

„Hallo! Könnten Sie..."

Nein, ich könnte nicht. Ich bin noch nicht bereit, angesprochen zu werden. Doch hier auf der Wiese im durchbrochenen Sonnenlicht. Es gibt genug Raum. Ich schaue mich um und schaue in das Gesicht eines Mannes. Es ist... mein Gesicht. Will mich die Erscheinung verspotten? Nein, es ist kein Spiegelbild, es ist ein leibhaftiger Mensch. Vor dem Bauch trägt er in einem gemusterten Tuch ein kleines Kind und lächelt mich an. Meine Augen tasten die Oberfläche seiner Gesichtszüge ab. Ob ich unregelmäßige Merkmale von mir darin wiederfinde? Das Gesicht ist jünger und reiner als meines und die Pustel auf der linken Wange fehlt. Er ist tatsächlich ein anderer Mensch. Das Kind im Tuch fängt an, sich zu bewegen.

„Erschrecken Sie nicht, ich komme nicht von hier. Ich wohne im Bergischen Land. Das kennen Sie wahrscheinlich nicht."

Seine Aussprache ist klarer als die der Menschen von hier. Er spricht fast hochdeutsch. Während er erzählt, lasse ich mich von seinen Worten einlullen, ohne dass mich die Bedeutungen erreichen. Er ist ich und nicht ich. Ein Ich außerhalb von mir. Ist ihm die Ähnlichkeit zwischen uns gar nicht aufgefallen? Dieses Ich, ein freundliches, harmloses Ich, hat mich gefunden. Ich fühle mich sogar wohl mit ihm. Wir laufen ein paar Schritte bis an die Stelle, wo der Weg in den Wald führt. Dort ist er nicht überschwemmt.

„Wie heißt du?" frage ich.

Er sagt seinen Namen, ich fasse es nicht! Immerhin ein anderer Nachname. Mein Blick schweift in die Ferne und ich erkenne weiter hinten Katinka auf dem Waldweg. Sie winkt und nähert sich vorsichtig. Mein Gegenüber nimmt das Kind schräg auf den Arm. Es ist so klein, ein paar Monate alt, wenn überhaupt. Der Geburtsschorf bedeckt noch die Stirn. Seine Gesichtsformen wölben sich in Baby-Rundungen. Es betrachtet vollkommen ruhig seine Umgebung.

„Die Vaterschaftstests sind noch im Gang. Die Mutterschaftstests auch. Seine Mutter ist in Australien und wenn die Ergebnisse vorliegen, wird man sehen."

Jetzt fällt mir auf, dass das Liebevolle gegenüber dem Kind von Wehmut erfüllt ist. Es beugt sich vor zu mir und streckt das Händchen aus. Es berührt meine Hand und drückt den Kopf nach vorne. Ich spüre die Rauheit des Schorfs und gleichzeitig die Weichheit der kleinen Nasenspitze, die meinen Handrücken berührt. Ein so süßes Kind und schon in die Welt verloren, wäre da nicht sein - Vater. Wer weiß?

Ich fühle mich zu ihm hingezogen, ein netter Mann. Vielleicht könnte eine Freundschaft daraus entstehen, auch wenn es absurd erscheint. Ich will lieber zu mir selbst zurückkehren. Wer kann schon wissen, was sonst werden soll?

Passfotos

Alles ist unsicher. Und am Allerunsichersten ist das, was mich ausmacht. Wäre da nicht der kleine Photoladen um die Ecke, in dem ich meine Identität bestätigen lassen kann, eher ein Kramladen.

Katinka will dort nur noch die drei Kleidungsstücke ändern lassen. Eine schwarze Strickjacke und das andere, das sie auf den Bügeln trägt. Die Auslagen des Lädchens reichen bis auf die Straße, so klein ist die Verkaufsfläche im Inneren. Ein kurzer hoher Verkaufstresen vor der Rückwand, voll gehängt mit neuen und gebrauchten Kleidern, und das Gedränge der Kunden. Ich weiß nicht, wieso wir schon an der Reihe sind, und ich lasse Katinka den Vortritt. Sie will sich nur rasch hinter dem Vorhang umziehen.

Ich zeige schon mal meine Ausweispapiere vor. Die meisten davon sind ganz neu, aber wertlos, solange keine Photos von mir darin sind. Ich kenne das Vorgehen hier. Ich weiß, wir müssen zum Photographieren auf die Straße wegen der Helligkeit. Die Kamera ist alt und lichtschwach, ein dunkler abgewetzter Kasten mit vielen manuellen Einstellmöglichkeiten. Wer kann das schon noch bedienen? Außerdem brauchen wir genügend Abstand. Die freundliche Verkäuferin schaut mich auffordernd an, ich bewundere ihren Elan.

Sie schleift mich aus dem Laden heraus, sie weiß, wie es läuft. Sie stellt sich mitten auf die Straße, der Verkehr ist ihr egal. Sie ist in mittleren Jahren und die halblangen Haare hängen ungekämmt auf die Schultern. Sie hält die Kamera vor das Gesicht und drückt auf den Auslöser. Eine Art Polaroid-Mechanismus, das erste Bild. Eines von vier erforderlichen Bildern für die vier Ausweise. Schulbehörde, Personalausweis und die zwei anderen, was war das noch? Sonst wäre meine Identität unvollständig. Wahrscheinlich Führerschein und Gesundheitskarte. Sie weiß schon, ich habe ihr alles gezeigt.

Die anderen Bilder können wir hier nicht aufnehmen, zu wenig Abstand. Sie weicht nach vorne auf den Kreisel aus, aber die Entfernung reicht immer noch nicht. Der Verkehr schiebt sich an uns vorbei, Autostange an Autostange. Die Photographin manövriert sich souverän hindurch. Immer mich im Visier durch den Sucher der Kamera, dann wieder, indem sie sie leicht sinken lässt und sich weiter zurücktastet.

Meistens läuft sie in den Knien, um mich richtig anzuvisieren. Sie winkt und ich rücke nach. Der Verkehrsstrudel saugt uns auf. Ich folge auf die Straße und in den Kreisel hinein, ein Rondell, von Verkehr umschlungen, Blechkarosserien, das Kastenförmige und der Raum dazwischen implodiert, langsam, aber stetig.

Das bräuchte mir keine Angst zu machen. Ich habe ja die Photographin, die mir Handzeichen gibt und mich wie eine Marionettenpuppe hindurchführt. Ich merke, wenn ich tue, was sie vorgibt, kann mir nichts passieren. Sie ist schon auf der anderen Seite des Rondells angelangt, eine leichte Grassteigung. Es scheint fast so, als ob sie sich auf sie flüchten wollte. Sie streckt den Arm aus mit abwehrender Geste gegen mich.

„Halt!" ruft sie. Dabei bin ich noch mitten auf dem Rondell. Hier etwa? Sie löst aus und dann nochmal. Das zweite und dritte Photo sind geschafft! Sie und der Apparat brauchen eine Pause, bevor das vierte und letzte Bild gemacht werden kann.

Strahlendes Licht durchbricht die Wolkendecke und in der Zeit, in der ich mich jetzt ohne Anweisungen auf der Verkehrsinsel wiederfinde, entdecke ich mein Eigenleben, auch ohne zu wissen, wie gefährlich das ist. Ich bewege mich spielerisch und selbständig durch den Verkehr hindurch wie durch eine Flüssigkeit, bis ich es auf die gegenüberliegende Seite geschafft habe. Vorbei an der Photographin, die meine Bewegungen halb überrascht, halb amüsiert verfolgt, während sie an der Kamera herumnestelt, um sie neu einzurichten.

Jetzt noch der richtige Abstand für das letzte Bild Nur wo aufstellen? Ich habe keine Idee. Meine hilflosen, wahrscheinlich untauglichen Versuche tasten alle in die Leere. Aber ich bin da. Mein Körper nimmt Raum ein und meine Füße tanzen über den Asphalt

und die darin eingelassenen Eisenbänder der Straßen-
bahnschienen, ernste trotzig stählerne Linien, die nach
mir zu greifen suchen. Halt oder Bedrohung, ihr
stumpfer metallischer Glanz kann mich kaum erfassen.
Ich winke der Kamerafrau. Das letzte Bild von hier.

„Was?" Sie schaut irritiert. Sie war noch auf das
Rondell eingestellt. Das hatte doch gut geklappt. Aber
sie ist Freiheit pur und kann bestimmen. Ein Lächeln
umhuscht ihren Mund und ihre Augen glänzen. Die
Augenbrauen umwölken sich nur kurz.

„Warum nicht? Es wird sowieso nichts werden."

Die Alleebäume entlassen ihren weißen Baumwoll-
flaum in die Luft. Das gibt sicher einen ausgefallenen
Hintergrund. Sie drückt auf den Auslöser und prüft
das Ergebnis.

„Es ist gut! Sogar erstaunlich gut!" ruft sie und schüt-
telt den Kopf dabei. Das vierte Bild ist im Kasten.

„Nun aber zurück, die Kunden warten!"

Auf dem Rückweg halte ich mich besser in ihrer
Nähe. Wir überqueren den Kreisel. Unsere Handrücken streifen sich unabsichtlich, als wir an der Bordsteinkante stehen. Der Verkehr hat noch einmal zuge-
legt, eine chaotische Autoschieberei, wild und unbe-
herrscht, scheinbar unüberwindlich. Irgendetwas
scheint ihre magischen Fähigkeiten, sich hindurchzu-
winden, aufgelöst zu haben.

„Dann müssen wir eben fliegen!" Sie breitet die
Arme aus.

Die beiden torkeln in der Gegend umher. Der englische Himmel hängt grau und verweht. Es ist, als würde jeden Augenblick die Feuchtigkeit aus ihm herausquillen wie aus einem Schwamm.

Der Junge tritt mit dem Fuß in die Luft wie gegen einen imaginären Gegenstand, eine zerbeulte Blechbüchse etwa, ein leichter Schwung. Der Fuß ist geübt. Er trifft sie so, dass sie in die gewünschte Richtung fliegt. Der richtige Schwung, auch wenn er nur ein Torkeln hervorbringt. Es ist das richtige Torkeln in der graugelben Luft über dem Boden aus Sand und Lehm, unterbrochen nur von einer Bordsteinkante weiter hinten. Die Socke hängt locker über dem Schienbein, der Rand ist nach außen gestülpt in den beginnenden Herbst hinein. Ein nutzloses Treten ins Nichts, so kommt es ihm vor. Aber es ist besser als kein Treten.

Wenn da nicht das Ziehen wäre. Nicht auszumachen, ob aus der Ferne oder Nähe. Gerade in dieses Nichts hinein, als ob da etwas wäre, das Erfüllung versprechen könnte. Sie ist so weit entfernt und ungreifbar, eine Ahnung nur und nicht einmal das. Der andere Junge ist älter und sie kennen sich gut. Das kommt durch die Zeit, die sie zusammen verbringen.

Sich gegeneinander im Raum verschieben, in die Luft treten ins Nichts hinein und das Sehnen, das Nicht-Wissen, wie damit umgehen, und es verwehen lassen wie Wind, den man nicht greifen kann. Darin liegt zu viel Besinnungslosigkeit, um etwas damit anfangen zu können.

Dieser Tanz aus Nicht-Körpern und Dunstgebilden schält sich aus Ahnungen heraus, auch wenn nur als Andeutungen. Da sind der flache Boden, die Bordsteinkante und vielleicht doch eine Blechbüchse, der leichte Schmerz in den Zehen, wenn sie dagegen treten, und die Väter.

„Ich kann meinen Jungen doch nicht so herumdümpeln lassen, ich kenne seine Sehnsüchte."

Das Stadion liegt nicht weit entfernt und das Spiel wird in wenigen Tagen stattfinden. Der Vater des anderen Jungen steht neben mir und wir wissen, was wir zu tun haben, auch wenn wir nicht wissen, wie es ausgehen wird. Wir jedenfalls sind erwachsen und man wird uns nicht abweisen wie kleine Jungs. Wir werden nicht in der Vergeblichkeit der Kindheit und Jugend auflaufen, die die Welt für sie zu bieten hat.

Das Verkaufsbüro ist klein und dreckig und die Holzeinrichtung darin abgewetzt. Das Verkaufspersonal hockt hinter den offenen Schaltern, nach innen geöffnete Fensterrahmen. Die Gestalten sehen so verlottert aus wie das Holz. Sie stützen sich auf den Ellbogen ab, nur zusammengehalten von ihrer Lederhaut.

Von dem Verkäufer rechts können wir nichts erwarten, das sieht ein Blinder mit dem Krückstock. Die Verkäuferin nebendran schaut genauso verbiestert durch die halb herabgezogene Lesebrille, so verrutscht wie das Kleid über dem voluminösen Körper.

„Zwei Karten für das Spiel am Wochenende bitte! Jugendliche."

Sie schaut mich halb ungläubig, halb belustigt an und da ist sie, die Vergeblichkeit der Kindheit und Jugend.

„Die zwei Karten etwa für diese Jungs da? Etwa hier im Leeds-Stadion?"

Für sie ist es noch nicht mal wert, es lächerlich zu finden. Eine Zumutung, da braucht sie nicht mal die Rückversicherung von ihrem Kollegen. Sie schaut auf ihr halb abgebissenes Butterbrot auf dem Zeitungspapier. Unglaublich! Der Vater des anderen Jungen und ich schauen uns ratlos an. Eine Zumutung und trotzdem erwartbar.

Um an die Karten zu kommen, gibt es nur dieses eine Büro, dieses eine Holz und diese einen Gesichter wie aus Holz geschnitzt. Freundlichkeit wird nicht weiterhelfen, das ist klar. Genau so wenig wie, sich zu ärgern. Neben uns stehen die Jungs und ihr flehentlicher Blick weht zu uns herauf.

Ich merke, wie ich die Beherrschung verliere. Auch wenn es noch so hilflos erscheint, aber wozu sind Hände sonst da? Der Schreibtisch vor mir, die ungeordneten Blätter, das zerkratzte Holz und das beige

Telefon mit dem rechteckigen Tastenfeld. Der gekrümmte Hörer, der friedlich aufliegt. Bevor die Verkäuferin reagieren kann, packe ich den Hörer und meine Finger drücken die Tasten der obersten Nummer, die dort aufgeklebt ist, ohne Kontrolle, aber mit aller Bestimmtheit.

Bevor sich die Verkäuferin gefasst hat, meldet sich am anderen Ende der Leitung eine Frauenstimme. Ich sehe das runde Gesicht vor meinen Augen, noch das Butterbrot in der Hand. Es guckt mich ungläubig und bestürzt an. Ich habe ihre Chefin am Hörer. Sie spricht freundlich und zuvorkommend.

„Ja gerne! Was wünschen Sie bitte?"

„Bitte seien Sie doch so gut, wir brauchen zwei Karten für unsere Jungs für das nächste Heimspiel."

„Aber natürlich. Nichts wäre näherliegender als das!"

Die Verkäuferin kann mithören. Das gequälte Gesicht allein schon ist Genugtuung. Aber lassen wir das, es geht hier um die Karten für die Jungs.

„Es gibt da nur ein kleines Problem. Ich will mich darum kümmern", ertönt die Stimme der Chefin wieder.

Egal wie es ausgeht, endlich ein normaler einfühlsamer Mensch. Ich dachte schon, es gäbe kein Entgegenkommen mehr auf der Welt. Ich höre die Stimme im Hintergrund, wie sie mit jemandem spricht. Was könnte nur das Problem sein? Zwei Jungs allein im Stadion scheinen nicht vorgesehen zu sein. Sie, die

Chefin, wird eine Lösung finden. Da bin ich mir hundertprozentig sicher. Nach kurzer Zeit findet sie die Lösung. Die Jungs neben uns verfolgen alles gebannt.

„Das Problem ist, dass die Karten ziemlich teuer sind", meint sie entschuldigend.

„Sie kosten jetzt jede leider 170 Pfund. Ich weiß auch nicht, wieso. Wir hatten gedacht, dass es sich nur um einen Irrtum handeln kann und wir haben alles gecheckt. Aber es ist das einzige, was das System hergibt."

„170 Pfund! Das kann doch nicht wahr sein! Es sind doch nur Jungens." Ich lasse den Hörer sinken.

Wir starren uns fassungslos an und den Jungen stehen Tränen in den Augen. Das können wir uns wirklich nicht leisten, das wissen auch sie. Wir schauen uns nicht um, als wir abziehen.

Wir lassen uns zurück in den Nachmittag treiben auf die Fläche festgetrampelten Lehms. Der Himmel hängt grau von Wolken und doch frisch und zerzaust. Der Junge tritt in die Luft. Ob er eine Blechbüchse getroffen hat? Die über die Bordsteinkante scheppert?

Der Fahrweg auf dem Damm zieht sich zu schmal dahin und bröckelt an den Rändern ab. Die Fahrbahndecke besteht aus diesem alten Asphalt, mehr Kieselsteinen als dem, was ihn zusammenhält, von Geisterhand gefügt. Der Hang fällt steil vom Damm ab. Seinen Scheitel überschatten Bäume, unberechenbare Laubdächer. Ich frage mich, wie alt sie sein könnten. Schlanke Stämme, also doch nicht so alt. Auch wenn die Zweige ausladen.

Das dichte Laub hat eine Textur von Reibeisen und quillt gleichzeitig schwammig auf, die Ränder gezähnt, fast gefräßig. Die Bäume stehen unbekümmert und scheinbar unschuldig über dem aufstrebenden Hang, eine letzte Bastion von Schatten. Wahrscheinlich haben sie nur überlebt, weil sie so unauffällig sind, und die Bedeutung ihrer flattrigen giftgrünen Verschattungen wird niemals offenkundig werden.

Wir dagegen arbeiten am Hang in der prallen Sonne. Auf unserem Stück des Hangs wächst Gras, wir haben es gepflanzt und gepflegt. Unten schließt sich die Erde des Ackers an, ausgetrocknet und verbleicht. Sie bäumt sich so anklagend aus dem Grund auf, dass ich wegschauen muss, wenn sie meine Blicke streifen.

Dann lieber Solveigs Gummistiefel, quietschgelb. Sie durchkämmen die Grashalme.

Oben auf dem Dammweg kommt der Nachbar gefahren. Er steuert seinen weißen Jaguar und allein diese Geste macht ihn unerträglich. Die weiße Blechhaut allein wirkt abstoßend. Der Wagen rollt langsam über die holprige Oberfläche wie in einem zu engen Bett. Auf der anderen Seite des Damms liegen die alten Garagen mit Garagentoren aus schmalen Holzlatten. Eine Farbe, sie mag einmal cremeweiß gewesen sein. Keine Ahnung, wie sie zusammenhalten. Wahrscheinlich eine altertümliche Verbindungstechnik, zu aufwendig und komplex für die heutige Zeit.

Der Nachbar steigt aus und öffnet das Tor seiner Garage. In ihr kommt ein kleiner Fiat zum Vorschein und der obligatorische Kram. Was hat er wohl vor? Ein hagerer alter Mann, dessen Körper nur aus Sehnen zu bestehen scheint, das vorgereckte Kinn.

Solveig hat ihre Gießkanne gefüllt. Sie ist noch klein, keine zwei Jahre alt. Es macht ihr Spaß, unermüdlich den Hang zu gießen, auch wenn er steil ist. Sie könnte es von morgens bis abends tun, ohne ein Quentchen Kraft zu verlieren. Im Grunde gibt es keinen Besitzer des Damms. Wir betrachten dieses Stück als unser Stück, weil es an unsere Garage grenzt.

Der Jaguarfahrer parkt den Fiat aus und fährt den Jaguar in die Garage hinein. Er marschiert ebenfalls in

Gummistiefeln an uns vorbei ebenfalls mit einer Gießkanne in der Hand, auch wenn sie nicht gefüllt ist. Kein Gruß, wie üblich. Wie kann sich ein so ausgemergelter Körper so kraftvoll bewegen? Entblößter Oberkörper, sonnengebräunt, spärliche Behaarung und voller scheinbar unerschöpflicher Energie. Wie würde ich ihn empfinden, wenn er keinen Jaguar hätte?

Solveig zieht an mir vorüber. Sie sucht nach trockenen Rasenstellen, um sie zu gießen. Dabei hat sie schon alles gegossen. Ihre Gießkanne ist voll, immer voll. Sie läuft zwischen meinen Beinen hindurch, so besinnungslos. So vertieft sucht sie unter den Schatten der tiefhängenden Zweige. Sie ist gut im Aufspüren. Sie senkt den Hals der Gießkanne. Wasser gluckst aus dem Schnabel. Dann eben ein schon gegossenes Stück. Sie spaziert in den Schatten hinein, zersprenkelt von Flecken beißenden Lichts. Das weiche Gummi der Stiefel reibt an der Kruste der ausgedörrten Erde.

Stauende

Katinka fährt an das Stauende heran. Es liegt auf einer langgestreckten flachen Hügelkuppe, bevor die dreispurige Fahrbahn im weiten Schwenk nach links abschweift. Die Leitplanken säumen die Senkrechten von Bäumen. Sie rahmen die unscheinbare graue Haut der Straße ein, die durch zwei gestrichelte Linien und eine durchgezogene ihre Struktur bekommt. Sie suggeriert Weiterfahren! Weiterfahren!

Da vorne werden die Autos langsamer. Bremslichter leuchten auf, um an den Stau heranzufahren, zähflüssig, und schließlich anzuhalten. Wenn sie stehen bleiben, erinnern sie an das Ende eines Feldlagers. Das Wohnmobil auf der mittleren Spur lässt sich dort nieder, als ob es sich erst einmal ausruhen wolle.

Ich hätte den Wagen ja schneller heranfahren lassen, aber Katinka bremst schon vorzeitig ab. Sie lässt ihn langsam weiterrollen, quälend langsam. Jetzt reflektiert die Fahrbahn das Gegenlicht, als wäre sie eine Schlangenhaut, auf der wir jederzeit abrutschen könnten. Die Frau vom Wohnmobil holt ihren Klappstuhl heraus und macht sich darauf bequem.

Solveig ist ausgestiegen. Ich weiß nicht, wer ihr das Geld gegeben hat. Sie lehnt sich auf die Schreibmaschine, die die Frau auf ihrem Camping-Tisch abgestellt hat, eine altes Reise-Exemplar. Sie gibt der Frau das erforderliche Zweieurostück. Was sie sich davon erwartet, ist mir schleierhaft. Die Schreibmaschine liegt da wie ein kleines Ungeziefer. Das schwarz-emaillierte Metallgehäuse, das Buchstabenfeld mit dem Bogen der Typenhebel. Solveig hat so was sicher noch nie gesehen. Sie drückt die runden Tasten durch, als wären sie ein ihr seit langem vertrauter Sehnsuchtsort.

Ich hätte der Frau ja nicht gleich zwei Euro gegeben. Kleineres Geld hätte es auch getan. Sie hat die Münze längst eingesteckt, auch wenn es von einem Kind kam. Eine Hausfrau im locker hängenden Kleid aus klein-geblümtem Muster mit Schürze. Sie ködert Solveig mit einem Schokoriegel.

Ich weiß nicht, wo sie es herhat, aber Solveig lässt das nächste Zweieurostück in das Tastenfeld fallen. Sie weiß nichts von dem Gegenwert. Es ist sicher von Katinka und langsam reicht's mir. Ich mag die Frau mit dem Wohnmobil nicht und ich scheine der einzige zu sein, der ein Problem hat.

„Wollen wir nun weiter oder nicht?"

Solveig tippt munter auf der Schreibmaschine herum, Katinka ist abgetaucht und die Frau versucht, die Zweieurostücke aus der Maschine zu fischen. Die Leere drängt wie Nebel vom Waldrand herüber. Das Stauende fällt in das Loch von Zeit und Nicht-Zeit, das hier aufklafft, dunkel und tief, ein endloser Fall ohne Aufprall.

Der Schorf der Steine

Anruf

Der Nachmittag, an sich schon unheimlich, tropft in die Leere wie ein verdunstender Nebel, der die Küche betäubt. Ich schneide das Gemüse für das Abendessen. Jede Gemüsesorte ist ein Freund, mit dem ich ein Gespräch führe, persönlich, fast schon intim und auf ihn zugeschnitten. Wir gehen die gemeinsame Vergangenheit durch und das, was wir noch erleben werden. Ein aufgeschlossenes Gerede und trotzdem liegt darin die Steifheit von Zinnsoldaten, die marschieren wollen, staksig und auf eine kontrollierte Art unbeholfen.

Ich unterhalte mich mit der Paprika, der Aubergine und der Zwiebel und hinter dem Schneidebrett warten die anderen. Schatten hinter imaginären Vorhängen, die nach vorne drängen. Die Zeit breitet sich aus wie ein Teppich, auf dem alle ihren Platz finden werden. Die kantigen und geschwungenen Musterungen, freundlich und trotzdem geheimnisvoll.

Wäre da nicht die Melodie, die, ohne zu wissen warum, irgendwie in die Wohnung zu gehören scheint und das Vorwärtsschreiten der Minuten wie mit einem Messer zerschneidet. Fühlt sich fremd und trotzdem zugehörig an. Die Töne klingen geschliffen und perlend und die Tonfolge wiederholt sich in einem fort. Die Intervalle springen, als ob sie toll wären. Es sind nur vier Töne, vier wilde Töne. Sie vollführen einen garstigen Tanz und verstellen sich, als ob sie anschmiegsam wären. Sie erreichen mich aus einer Ferne, die sich nicht zugehörig anfühlt. Ich will sie dort hängenlassen, diese fremden Marionetten in ihren entstellten Kostümen.

Immer wenn sie eine Weile verstummen, bemerke ich es kaum. Auch nicht, wenn sie wieder einsetzen. Mit der Zeit schieben sie sich als imaginäre Front immer weiter nach vorne. Irgendwann kratzen sie an meiner Aufmerksamkeit, das Schrille, und ich stehe auf, um sie suchen zu gehen. Woher kam das? Der Griff des Telefonhörers bettet sich in meine Handmulde und ich führe ihn ans Ohr.

„Saskia! Das tut mir leid. Das Telefon ist neu und ich kannte den Klingelton noch nicht."

Saskias Begrüßung schwappt über mich hinweg wie ein Schwall Wasser. Ich weiß von Katinka, dass sie einen Auftritt hatte, der sie im Vorfeld monatelang beschäftigte. Natürlich hatte sie sich gut vorbereitet. In ihrem Beruf balanciert sie auf bunten Würfeln und Kegeln und vollführt Kunststücke darauf. Doch nicht vor diesem Publikum. Die Ungewissheit hatte sie wie eine Pflug durchmartert.

„Wie ist es gelaufen?"

Der Sternregen ihres Glücks umschauert mich sofort. Aber dann! Sie bricht ab. Verzagte Worte folgen kaum. Magere Gestalten, die sie mühsam hervordruckst. Die Ahnungen von der Manege verkümmern, bevor sie entstanden sind, und gleichzeitig die Spannung und der Applaus. Bilde ich mir das nur ein?

„Wo ist eigentlich Katinka?" fragt sie abrupt.

„Katinka? Ach so, ja klar."

Katinka ist die Freundin.

„Weißt du, ich bin noch müde von der Anstrengung."

„Ja klar, ich verstehe. Na dann, also ciao! Bis ein andermal!"

Ich bin immer bei den ersten, auch wenn ich es nicht sein müsste. Das Herz fliegt und trägt mich auf Flügeln. Das Dasein stiebt dahin, eingegossen in den Galopp über die Steppe, die kein Ende kennt. Nur den Geruch von Sand und Lehm, den Grasflaum an den Hängen und den Himmel voller Wolken und Weite. Das alles fährt mir durch den Kopf in der zu engen Straße auf dem zu engen Gehweg neben der Autokolonne, die vorbeiächzt und ins Stocken geraten ist.

Der Automat an der Hauswand kommt daher wie eine Schranke. Er hängt dort seit Jahrzehnten, gegossen aus massivem Eisen und zusammengefriemelt zu einer altertümlichen Mechanik. Er kann mir nichts anhaben. Ich bin zu alt und aus dem Rennen. Wenn ich ihn bediene, folgt er und macht, was ich will. Ob ich nun an dem knarzenden Rad in der Mitte drehe oder die Klappe am Auslass hochdrücke, einer quaderförmigen Röhre, an den Kanten abgerundet und voller Schleifspuren und Kratzer. Alles aus so nacktem Eisen, dass es meine Blutbahnen gefrieren lässt, wenn ich darüber streiche. Der Lack ist längst abgeblättert.

Nicht so bei Morgan, meiner jungen Kumpanin. Ihre kraftvolle Figur könnte die Welt aus den Angeln heben. Bei ihr stellt sich der Automat sperrig. So unnötig, denke ich mir. Sie muss den Kampf mit ihm austragen. Ich kann ihr nicht dabei helfen und überlasse sie ihrem Schicksal. Die Passanten drängen sich an uns vorbei, die Luft sättigt sich immer mehr mit Autoabgasen und der Automat knackt und verweigert sich beharrlich. Dann eben nicht und sie muss zu spät kommen. Noch ein kleines Stück auf der zu hohen Bordsteinkante balanciert und die Autos schieben sich Stoßstange an Stoßstange schnurrend vorbei. Weit hinten ragt das Schulhaus aus dem Dunst auf.

Es liegt versunken hinter der weiten Fläche des Schulhofs und ist das noch Nacht oder schon Nebel? Wir fliegen über den Boden dahin und sind nicht die einzigen. Alle wollen noch rechtzeitig hinein, auch wenn der magische Zeitpunkt bald überschritten wird. Er dehnt sich nur noch ein wenig. Das spielt jetzt keine Rolle mehr, unser Dasein ist in freien Lauf übergegangen. Die Beine greifen so weit aus, als ob sie Flügel wären, und das Gelände unter uns huscht vorbei, glattgefegt oder schon glitschig, eine Oberfläche aus Schiefer und Schlieren, darüber der Spiegel des Morgentaus. Wir müssen aufpassen, dass wir nicht ausrutschen.

Ich fliege mit aus lauter Lust, mich mit allem um mich herum zu verbinden, auch wenn es nicht sein müsste. Eine unvermutete Kraft strömt aus mir heraus und durchfließt meine Glieder. Ich spüre das Ziehen der Muskeln, ein Pferd in vollem Galopp. Ich muss die anderen nicht überholen und tue es doch. Morgan fliegt mit, auch wenn sie ein wenig zurückfällt. Manchmal huscht ein Staunen zu mir herüber, sie trauen es mir nicht mehr zu. Es fließt aus alten Gewohnheiten und ich genieße, was sich befreit.

So stürzen wir mit den anderen zusammen den Sturzflug der Krähen in den kalten Morgen hinein. Vor dem Schulgebäude winden sich die Warteschlangen vor den Aufzügen. Der Fahrstuhl senkt sich langsam, quälend langsam, eine breite Kabine wie ein Lastenaufzug, von innen schwach beleuchtet. Der Strom gießt sich hinein und werden wir noch passen? Meine Augen suchen Morgan, sie kann nicht weit weg sein.

Die Fahrstuhltüren schieben sich zu durch die gedrängten Körper hindurch. Eine kleine Schar muss draußen bleiben, umfangen vom Tau. Morgan und ich reihen uns ein. Auch wenn ich sie nur in meinen Gedanken hinaufbegleiten werde in die Stunde, egal, ob halb oder ganz zu spät. Hauptsache, sie wird da sein. Wenn sie einmal erschienen sein wird, wird alles andere unbedeutend sein. Ich werde nicht mitfahren, meine Teilhabe hier hat sich erschöpft. Sie wird sich in die Ferne des Morgens auflösen und in seine Umkühltheit.

Im Weinberg

Der Boden liegt zerfurcht und ausgetrocknet. Das Laub der Weinreben hat sich verfärbt und das meiste ist abgefallen. Es klingt hart und papieren und wölbt sich bizarr an den Rändern auf. Der Wind trägt es davon. Meine Füße suchen Halt in den Furchen. Es ist, als würden sie ein vages Gewicht tragen, so zögerlich setzen sie auf. Mehr ein Suchen als den Grund Ertasten, eines in die unbestimmte Luftschicht dicht über der Erde hinein, wo es kein Tragen gibt. Und immer wieder brechen sie ein, bis sie in einem Gefühl von Verlorenheit auf dem Boden aufsetzen, dessen Rinnen nicht für sie geschaffen sind, nicht dafür, den Abdruck eines Fußes aufzunehmen, lehmig und hellbraun.

Der Herbstwind streichelt die knorrigen Weinreben und lässt die restlichen Blätter rascheln, eingewoben von Wörtern. Sie wollen nicht zu mir hindurchdringen, obwohl sie eine klare Abziehfolie erschaffen wie die unauffällige Maserung einer altertümlichen Tapete oder das Hintergrundrauschen des Alls. Die Worte tasten in ihre eigene Haltung hinein.

Gleichzeitig und weit entfernt ist alles noch ganz normal auf der Arbeit von Bert. Die Kollegen kommen jeden Tag ins Büro, fahren ihre Laptops hoch und bearbeiten ihre Mails, auch wenn sich die Projekte von Tag zu Tag zu internen hin verschieben. Das ist zunächst gar nicht aufgefallen. Es war ja immer so, das Interne schon immer eingestreut.

Als wir sprechen, taucht vor meinem inneren Auge Berts Gesicht am anderen Ende der Leitung auf, sein volles ernstes Gesicht, unrasiert und die runden Brillengläser. Der Schimmer in den Augen hatte schon immer etwas Verzweifeltes, obwohl es keinen Grund zu geben schien, und seine Gesichtshaut wirkte schon immer auf eine überflüssige Weise zerkratzt. Seine Worte begehen vorsichtige Pfade zu dem, was eine Erklärung abgeben könnte. Ich bin definitiv nicht der Gesprächspartner dafür, wir kennen uns viel zu wenig. Er ist ja auch sonst immer sehr zurückhaltend.

Vielleicht ist es das Unverbindliche des Telefonierens. Ich wehre mich nicht, sondern lasse mich von seinen Worten davontragen, während meine Füße nach Walnüssen stochern. Sie sind aus den Schalen gesprungen und sammeln sich in den Zwischenräumen der Furchen. Selbst die Kerne sind herausgesprungen und liegen auf der Erde herum, wenn sie nicht zerbrochen oder geschwärzt sind. So schieben sie meine Fußspitzen zusammen und auseinander auf der Suche nach essbaren Teilen. Es ist, als wäre die Erde mein Sammelgefäß.

Währenddessen offenbart sich Bert im Büro am Schreibtisch immer mehr. Ich spüre die beklemmende

Atmosphäre zwischen den Bürotischen, das Suchen in den Mails, das Warten auf den nächsten Auftrag, die Zeitspanne, die sich ausdehnt, und die Leere, die sich öffnet, während sie an Gewicht gewinnt.

„Ja, damals hatten wir zwei große Aufträge gleichzeitig, weißt du, und waren natürlich überfordert. Wir wussten nicht, wo wir die Zeit herausschinden sollten. Sie quoll über von Arbeit. Aber sie war es wert, weil sie uns brauchten!"

Meine Blicke driften wieder in die Ackerfurchen unter mir ab. Um mich herum stehen nur wenige Reihen Rebstöcke, scheinbar unmotiviert verteilt. Mir war gar nicht aufgefallen, dass gleich dahinter die Straße anfängt, ein schmales asphaltiertes Band Während ich weiter die Walnüsse hin- und herschiebe, zieht ein paar Meter weiter der Panzer vorbei, ein nigelnagelneuer Panzer, ein mächtiger Stahlkoloss.

Die Tarnbemalung hebt sich noch porös ab, so frisch gestrichen und ungeschliffen von allen Berührungen. Hellbraune Flecken gehen in dunkelbraune über, streuen sich in olivgrüne Wellen und das Kanonenrohr. Er fährt um den Weinberg herum und kommt auf der anderen Seite zurück. Eine Übung, bevor der nächste auftaucht.

Es sind ja Friedenszeiten.

Rückweg

„Holla!" ruft sie und hakt sich bei mir ein, bevor sie mit einem fast schon spöttischen Lächeln auf ihren geschminkten Lippen mit dem Fuß ausrutscht, ein bisschen zu voll für meinen Geschmack. Kein Wunder bei den Stöckelschuhen. Der Kontrast zwischen dem Dunkelrot und der hellen Gesichtshaut streift mich als verwischtes Bild.

Neben ihr taucht eine andere Frau aus der Menge auf, die sich gerade um uns herum auflöst, wohl ihre Begleiterin. Ich kenne beide nicht. Mein Blick verschwimmt noch ein wenig mehr und ihre Umrisse werden noch diffuser. Wie kann sich dieses unwirkliche Bild so hartnäckig halten? Fast realer als die Körper selbst.

Sie drückt mich ein wenig voran, um mit mir loszulaufen. Sie hält sich an mir fest, wohl wegen der Schuhe. Der schmale Pfad verläuft hier oben über dem steilen Hang. Aus dem Geröll der Schrägen wölben sich Felsbrocken wie Mühlsteine hervor. Unten liegt ausgebreitet das Flusstal, durch das ein gerader Weg verläuft. Der Weg hier oben dagegen schlängelt sich in pittoresken Kurven, leichten Steigungen und Senkungen, betupft mit exotischen Pflanzen. Es könnte Mexiko oder Texas sein.

Nach dem Vortrag, der gerade hier oben beendet wurde, zerstreut sich die Menge in die Bergwelt hinein. Wir laufen auf dem schmalen Weg. Sie hat sich zu eng eingehängt, wohl um nicht zu stolpern. Ich spüre die Formen ihres Körpers, der sich neben mir bewegt. Ich laufe auf der Hangseite und ihre Füße sind immer kurz davor abzugleiten. Es macht ihr nichts. Sie ist es anscheinend gewohnt. Sie hat nicht aufgehört zu reden. Ab und zu legt sie ihren Kopf zur Seite, begleitet von einem Tonfall, der immer kurz davor ist abzukippen. Es ist freundlich gemeint und soll unterhalten.

Sie weiß mehr über mich, als mir lieb ist. Dabei habe ich sie noch nie gesehen. Oder verwechsele ich sie mit Meghan? Wie komme ich nur darauf? Sie tritt viel entschlossener und klarer auf und auf eine angenehme Weise distanziert, während sie meinen Arm noch immer fest umschlungen hält.

Wir sprechen über berühmte Frauen. Sie spricht über berühmte Frauen. In meinem Kopf arbeitet es. Ich weiß über Ecken, dass Meghan Karriere gemacht hat. Vielleicht will sie sich einfach nicht zu erkennen geben. Sie spricht so vertraut mit mir, so herzlich und mit einem leicht spöttischen und wohlwollenden Unterton. Das glatte dunkle Haar hängt ihr auf die Schultern. Eine Strähne streift das Gesicht.

„Sie wird es machen." Das kommt so überzeugend, dabei hat sie gar nicht gesagt, wen sie meint. Ich vermute, dass es sich um Christine Lagarde handelt. Das Bild dieser eleganten und entschlossenen Frau taucht in meiner Vorstellung auf, weißhaarig und engagiert. Sie wird es machen. Ja, ihr stehen alle Wege offen. Aber das Amt der amerikanischen Präsidentin?

Meghan ist so begeistert. Eigentlich kann es doch nur sie sein. Obwohl sie mit ihrer Identität spielt wie ein Kätzchen mit dem Filzball. Und dann vertreibt doch immer wieder eine Fremdheit das Vertraute. Sie wird es machen und ihre Überzeugtheit überzeugt auch mich. Wie könnte ich mich dagegen wehren? USA hin oder her und die Skepsis gegen Frauen und das Konservative. Eine so integre tatkräftige Frau! Welches Volk würde sich nicht glücklich schätzen, von ihr regiert zu werden?

Holla! Jetzt ist sie wirklich abgerutscht und hält sich gerade noch an meinem Arm fest. Wie sie zu mir hochschaut, bin ich mir doch ziemlich sicher, dass es Meghan ist. Ich spüre ihr Gewicht, aber ich kann sie halten. Ich habe sie, obwohl es sicher nicht die Position ist, die sie schätzt. Die Stelle fällt steil ab und der Schotter bietet keinen Halt. Das weiße Sonnenlicht taucht die Oberflächen in Hitze. Endlich gerettet! Und sie zieht mich noch ein wenig mehr zu sich heran. Sollten wir nicht besser den Weg weiter vorne nach unten laufen? Ich glaube, sie würde es gerne.

Das Gespräch stockt, als uns ein schmächtiger Student überholt. Ihre Begeisterung wirkt auf einmal gedämpft, warum auch immer. Ich weiß nicht, mit welchen Gedanken sie gerade beschäftigt ist. Wir erreichen den Parkplatz auf der Anhöhe und da vorne steht eine Anzeigentafel aus Holz, eine Orientierungskarte mit Wanderwegen. Ein paar Leute haben sich vor ihr versammelt. Meghan hat sich längst wieder gefangen.

„Es sind Mädchen, immer nur Mädchen! Mädchen sind die besten Menschen in der Bibel!" ruft sie unvermittelt. Wie kommt sie jetzt gerade darauf? Das war doch bisher gar kein Thema. Ich muss darüber nachdenken und ich wusste es noch gar nicht. Es überrascht mich ein wenig. Mir fallen dazu spontan keine Bibelszenen ein. Auf der anderen Seite kommt es mir irgendwie plausibel vor. Und ja, Meghan hatte immer eine Beziehung zur Bibel. Das scheint sie nicht abgelegt zu haben.

Während ich... Ich habe meinen Glauben fast verloren. Das Traurige daran überfällt mich wie ein heimliches Tier. Wenn ich mich doch nur mehr mit ihm beschäftigt hätte. Wie konnte er sich nur so verflüchtigen? Wenn alle Dinge um einen herum wichtiger sind und sich in den Vordergrund schieben. Dabei wollte ich doch.

Der Schatten und das Sonnenlicht umspielen die Bäume hier so leicht, als wollten sie niemals aufhören, darin zu tanzen. Sie umstreichen sie mit ihrer angenehm kühlenden Wärme.

Schrebergarten

Die Straßen laufen dermaßen spitz aufeinander zu und die Luft quillt über von Dunkelheiten, die wie aus Nebel aufsteigen. Die Umrisse der Dorfkirche erheben sich daraus empor, eine kleine Kirche, nicht größer als ein Segelschiff, das den Dunst durchgleitet. Ich nehme sie nur am Rande wahr, denn die Kehre verläuft wirklich zu scharf für das Auto. Ich kann hier nicht wenden mehr mit dem weißen SUV. Wie groß wollen sie noch werden? Das Dasein darin fühlt sich an wie eine Verbannung in die Wüste, eine solche Weite darin und so ausgedörrte und lebensfeindliche Oberflächen.

Ich steige aus und lasse den Wagen mitten auf der Dorfstraße stehen. Der Motor läuft noch, es wird nicht lange dauern. Wen soll es schon stören und wenn, was geht's mich an? Ich lasse mich an den aufgegebenen Grundstücken vorbeitreiben, alte niedrige Bungalows mit gemauerten Umrandungen, die einmal weiß waren. Ich glaube, sie sind doch noch bewohnt. Der Wohlstand soll verhalten daherkommen. Seine bleichen Gestalten verstecken sich und wenn sie erscheinen, dann nur verhuscht. Wenn sich jemand prall ins Leben schieben könnte, dann doch sie. Die spärliche Vegetation, die das Grundstück umhüllt, traut sich auch nicht mehr hervor. Sie scheint an Lichtlosigkeit zu ersticken. Das Pralle ist aus den Verästelungen gewichen.

Etwas weiter liegt der Schrebergarten verlassen und verkommen in seiner Ruhe wie in einem schwarzen Herbst. Das Leben der Besitzer steigt noch vom Grund auf. Sie sind vor ein paar Tagen erst gestorben. Deshalb bin ich hier. Ich stand ihnen nahe. Ihre Anwesenheit begleitet mich, ich kann sie deutlich spüren. Da ist noch etwas, das ich suchen könnte. Es ruft zwischen der Erde hervor aus rechtwinkligen Blechdosen, wurmzerfressen. Das Leben will nicht daraus weichen.

Es ist noch erreichbar und ich taste lautlos in die Dornen des Rosenstocks hinein, aber komme nicht weiter. Hier herrscht nur Zerstobenheit. Ich grabe im Winkel des Gartens ein kleines Rechteck auf, vom Maschendraht des Zauns umhegt. Draht von Rost zerfressen, der nach Fassung ringt. Dort unten zwischen den Erdklumpen spüre ich sie, die sich nicht lösen wollen. Ich weiß, dass ich mit dem Graben aufhören sollte, doch ich muss weitermachen.

Ihre Verwandten tauchen hinter dem Zaun auf. Sie sollten wissen, dass sie hier nichts zu suchen haben. Sie hatten nie etwas miteinander zu tun, es war Zufall. So werden sie nicht aus ihrer Gestaltlosigkeit finden können, jedenfalls nicht für mich. Weitergraben geht jetzt trotzdem nicht mehr. Die neugierigen

Blicke zwischen dem Gebüsch hindurch irritieren zu sehr.

Lange später sind sie verschwunden und ich finde wieder zu mir zurück. Jetzt gibt es hier nichts mehr aufzustöbern. Der Garten liegt endgültig verlassen. Ich ziehe mich in das Gartenhäuschen zurück. Die ganze Vorderwand wird von der Frontscheibe ausgefüllt, durch die die Dunkelheiten des Tags einsickern. Die Bettfläche streckt sich unbequem hinter mir aus, kaum Matratze, immerhin ein Bett und ich lege meinen müden Körper darauf ab. Er ist steif geworden vom vielen Wachen.

Ich finde nichts, um ihn zu bedecken als die Gaze des Vorhangs, die in Fetzen von der Fensterscheibe herunterhängt, ein störrisches hellbraunes Gewebe aus zu dicken Fasern in zu großen Abständen. Es reibt auf den Fingerkuppen und ich ziehe sie als Decke über mich. Ich habe ja sonst nichts.

Die Zeit fällt in schwächlichen Tropfen in das Nichts hinein und da es sonst nichts gibt, an dem ich mich festhalten könnte, möchte ich wissen, aus welchem Material die Gaze besteht, das Reiben irritiert. Ich suche mit den Fingerspitzen die eingenähte Lasche mit den Herstellerangaben darauf. Höchstwahrscheinlich Kunststoff, denke ich. Als ich die Schlaufe finde, stellt sich heraus, dass sie zu 45% aus Baumwolle besteht, eine echte Überraschung. Und es übt auf eine unterschwellige Weise eine beruhigende Wirkung auf mich aus.

So treibe ich auf dem Bett zusammen mit der Erde in das dunkle Weltall hinein. Die mächtige Erdkugel mit allen anderen darauf, die übrig geblieben sind, auch wenn sie längst von ihrer Umlaufbahn abgekommen ist. Sie schwebt in den Nebel hinein, der an den Rändern schwach aufleuchtet, das letzte Aufglimmen von Lebensgeistern vielleicht, zu schwächlich und schon im Schwinden begriffen. Die große schwere Kugel trudelt in Ernst und Würde in das Nichts hinein, das ihr Verderben werden wird. Ihre Bahn verläuft nicht mehr rund, sondern schon fast gerade, und sie entfernt sich unaufhaltsam wie von einer großen unsichtbaren Hand geschoben.

Die Tür zum Badezimmer ist auf altertümliche Weise verglast, eingefasst vom weiß lackierten Holzrahmen. Das Glasoberfläche wurde unbeholfen zerkratzt, wohl um keine Sicht zu erlauben. Sie sieht aus wie mit einem Messer zerstochen oder einem groben metallischen Gegenstand. Ich schiebe die Tür auf und trete vor das alte abgerundete Porzellanwaschbecken, überzogen von einer eingefressenen Dreckschicht.

Der Spiegel hängt zu hoch und keine Menschenseele hat sich je in diesen engen Raum verirrt. Das spüre ich durch seine unerbittliche Unausgefülltheit, die schon an Leere grenzt.

Ich will mich nur noch befreien, besinnungslos.

Die Umschreibungen